Agatha Christie®

CARTAS NA MESA

Tradução de HENRIQUE GUERRA

www.lpm.com.br

L&PM POCKET

Coleção **L&PM** POCKET, vol. 952

Texto de acordo com a nova ortografia.
Título original: *Cards on the Table*

Primeira edição na Coleção **L&PM** POCKET: agosto de 2011
Esta reimpressão: julho de 2024

Tradução: Henrique Guerra
Capa: designedbydavid.co.uk © HarperCollins/Agatha Christie Ltd 2008
Preparação: Ana Maria Montardo
Revisão: Patrícia Yurgel

CIP-Brasil. Catalogação na Fonte
Sindicato Nacional dos Editores de Livros, RJ.

C479c

Christie, Agatha, 1890-1976
Cartas na mesa / Agatha Christie; tradução de Henrique Guerra. – Porto Alegre, RS: L&PM, 2024.
240p. : il. (Coleção L&PM POCKET; v. 952)

Tradução de: *Cards on the Table*
ISBN 978-85-254-2350-4

1. Ficção inglesa. I. Guerra, Henrique. II. Título. III. Série.

21-3045. CDD: 823
CDU: 821.111-3

Rua Comendador Coruja, 314, loja 9 – Floresta – 90220-180
Porto Alegre – RS – Brasil / Fone: 51.3225.5777

Pedidos & Depto. Comercial: vendas@lpm.com.br
Fale conosco: info@lpm.com.br
www.lpm.com.br

Impresso na Gráfica e Editora Pallotti, Santa Maria, RS, Brasil
Inverno de 2024

Agatha Christie
(1890-1976)

AGATHA CHRISTIE é a autora mais publicada de todos os tempos, superada apenas por Shakespeare e pela Bíblia. Em uma carreira que durou mais de cinquenta anos, escreveu 66 romances de mistério, 163 contos, dezenove peças, uma série de poemas, dois livros autobiográficos, além de seis romances sob o pseudônimo de Mary Westmacott. Dois dos personagens que criou, o engenhoso detetive belga Hercule Poirot e a irrepreensível e implacável Miss Jane Marple, tornaram-se mundialmente famosos. Os livros da autora venderam mais de dois bilhões de exemplares em inglês, e sua obra foi traduzida para mais de cinquenta línguas. Grande parte da sua produção literária foi adaptada com sucesso para o teatro, o cinema e a tevê. *A ratoeira*, de sua autoria, é a peça que mais tempo ficou em cartaz, desde sua estreia, em Londres, em 1952. A autora colecionou diversos prêmios ainda em vida, e sua obra conquistou uma imensa legião de fãs. Ela é a única escritora de mistério a alcançar também fama internacional como dramaturga e foi a primeira pessoa a ser homenageada com o Grandmaster Award, em 1954, concedido pela prestigiosa associação Mystery Writers of America. Em 1971, recebeu o título de Dama da Ordem do Império Britânico.

Agatha Mary Clarissa Miller nasceu em 15 de setembro de 1890 em Torquay, Inglaterra. Seu pai, Frederick, era um americano extrovertido que trabalhava como corretor da Bolsa, e sua mãe, Clara, era uma inglesa tímida. Agatha, a caçula de três irmãos, estudou basicamente em casa, com tutores. Também teve aulas de canto e piano, mas devido ao temperamento introvertido não seguiu carreira artística. O pai de Agatha morreu quando ela tinha onze anos, o que a aproximou da mãe, com quem fez várias viagens. A paixão por conhecer o mundo acompanharia a escritora até o final da vida.

Em 1912, Agatha conheceu Archibald Christie, seu primeiro esposo, um aviador. Eles se casaram na véspera do Natal de 1914 e tiveram uma única filha, Rosalind, em 1919. A carreira literária de Agatha – uma fã dos livros de suspense do escritor inglês Graham Greene – começou depois que sua irmã a desafiou a escrever um romance. Passaram-se alguns anos até que o primeiro livro da escritora fosse publicado. *O misterioso caso de Styles* (1920), escrito próximo ao fim da Primeira Guerra Mundial, teve uma boa acolhida da crítica. Nesse romance aconteceu a primeira aparição de Hercule Poirot, o detetive que estava destinado a se tornar o personagem mais popular da ficção policial desde Sherlock Holmes. Protagonista de 33 romances e mais de cinquenta contos da autora, o detetive belga foi o único personagem a ter o obituário publicado pelo *The New York Times.*

Em 1926, dois acontecimentos marcaram a vida de Agatha Christie: sua mãe morreu, e Archie a deixou por outra mulher. É dessa época também um dos fatos mais nebulosos da biografia da autora: logo depois da separação, ela ficou desaparecida durante onze dias. Entre as hipóteses figuram um surto de amnésia, um choque nervoso e até uma grande jogada publicitária. Também em 1926, a autora escreveu sua obra-prima, *O assassinato de Roger Ackroyd.* Foi seu primeiro livro a ser adaptado para o teatro – sob o nome *Álibi* – e a fazer um estrondoso sucesso nos teatros ingleses. Em 1927, Miss Marple estreou como personagem no conto "O Clube das Terças-Feiras".

Em uma de suas viagens ao Oriente Médio, Agatha conheceu o arqueólogo Max Mallowan, com quem se casou em 1930. A escritora passou a acompanhar o marido em expedições arqueológicas e nessas viagens colheu material para seus livros, muitas vezes ambientados em cenários exóticos. Após uma carreira de sucesso, Agatha Christie morreu em 12 de janeiro de 1976.

Prefácio

Narrativas policiais, segundo uma tese corrente, lembram grandes prêmios de turfe – competidores diversos, cavalos e jóqueis promissores. "Arrisque um palpite e faça suas apostas!" Por consenso, o favorito é o oposto dos favoritos nos páreos. Em outras palavras: há grandes chances de o vencedor ser um completo azarão! Aponte a pessoa menos provável de ter cometido o crime e em noventa por cento dos casos a tarefa está encerrada.

Não desejo que meus fiéis leitores, repletos de asco, joguem longe este livro. Por isso, acho melhor alertá-los de antemão: *este livro não se enquadra nesse perfil.* Existem só *quatro* competidores, e qualquer um deles, *sob as circunstâncias oportunas*, pode ter cometido o crime. Isso forçosamente lança por terra o elemento surpresa. Não obstante, penso eu, as quatro pessoas suscitam igual interesse. Cada uma delas já matou e é capaz de matar de novo. Quatro personalidades destoantes, levadas ao crime por motivos característicos e adeptas de métodos distintos. A dedução, portanto, deve ser inteiramente *psicológica*, mas nem por isso vem a ser menos cativante, pois, no frigir dos ovos, é na *mente* do assassino que reside o interesse supremo.

Posso mencionar, como argumento extra em favor desta história, que Hercule Poirot a considera um de seus casos prediletos. Mas o amigo dele, o capitão Hastings, ao ouvi-la de Poirot, considerou-a muito insípida! Eu me pergunto com qual deles meus leitores vão concordar.

Agatha Christie

Sumário

Capítulo I

Sr. Shaitana

– Meu caro monsieur Poirot!

Ronronante e macia, a voz, utilizada intencionalmente como ferramenta, não mostrava traço algum de impulsividade nem de improviso.

Hercule Poirot deu meia-volta.

Fez uma reverência.

Trocou um aperto de mãos cerimonioso.

Havia algo inusitado em seu olhar. Como se aquele encontro casual tivesse despertado nele uma emoção rara.

– Meu amável sr. Shaitana – respondeu ele.

Os dois fizeram silêncio. Mais pareciam duelistas *en garde.*

À sua volta, a bem-vestida e lânguida multidão londrina circulava num suave redemoinho. Vozes pausadas, murmúrios.

– Meu bem... são primorosas!

– Simplesmente divinas, não é mesmo, meu caro?

Era a Exposição de Caixinhas de Rapé na Wessex House. Entrada a um guinéu, em prol dos hospitais de Londres.

– Meu caro amigo – voltou a saudar o sr. Shaitana –, que bom ver você! Não anda enforcando nem guilhotinando no momento? Baixa temporada no mundo do crime? Ou será que vai acontecer um roubo aqui hoje à tarde... Seria um deleite!

– É uma pena, monsieur – disse Poirot –, mas estou aqui por interesse apenas pessoal.

A atenção do sr. Shaitana foi desviada durante breves instantes por uma jovenzinha linda com cachinhos compactos de poodle numa ponta da cabeça e três cornucópias de palha negra na outra.

Ele disse:

– Minha *querida*... *por que* não apareceu na minha festa? Foi uma festa maravilhosa! Muita gente inclusive me dirigiu a palavra! Uma das convidadas chegou a me dizer: "Como vai o senhor", "Adeus" e "Obrigada". Mas claro que a pobrezinha veio de uma dessas cidades ajardinadas do interior!

Enquanto a jovenzinha linda tecia um comentário pertinente, Poirot permitiu-se analisar o hirsuto adorno acima dos lábios do sr. Shaitana.

Belo bigode – *magnífico* bigode. Talvez o único bigode em Londres capaz de competir com o de monsieur Hercule Poirot.

"Mas *não* é tão exuberante", murmurou consigo. "Decididamente, é inferior em todos os aspectos. *Tout de même*, chama a atenção."

Toda a figura do sr. Shaitana chamava a atenção – era planejada para isso. Não por acaso, ele se esforçava para transmitir um efeito mefistofélico. Silhueta alta e magra; rosto comprido e melancólico; sobrancelhas salientes e negras como breu; bigode de pontas enrijecidas com cera e diminuta barbicha negra. As roupas? Obras de arte de talhe elegante – com um quê de bizarro.

Todo cidadão inglês de boa cepa ao enxergá-lo desejava com intensidade e fervor acertar-lhe um pontapé! Comentavam, com singular falta de originalidade: "Lá vem aquele maldito estrangeiro, o Shaitana!".

Suas mulheres, filhas, irmãs, tias, mães e até mesmo avós diziam, com o dialeto peculiar de cada geração, palavras assim:

– Sei, meu querido. Claro, ele é *para lá* de terrível. Mas é *tão* rico! E cada festa de arromba! E sempre tem algo divertido e venenoso para contar sobre as pessoas.

Se o sr. Shaitana era argentino, português, grego ou de alguma outra nacionalidade profundamente desdenhada pelo insular bretão, ninguém sabia.

Mas três fatos permaneciam incontestáveis: ele vivia rica e esplendorosamente num flat extraordinário em Park Lane, promovia festas esplêndidas – festas colossais, festas intimistas, festas *macabras*, festas respeitáveis e festas definitivamente "exóticas" – e inspirava medo em quase todo o mundo.

O motivo para explicar a terceira característica dificilmente pode ser expresso em palavras exatas. Havia a impressão, talvez, de que ele soubesse um pouco demais sobre todos. E havia a impressão, também, de que ele tinha um senso de humor insólito.

Quase sempre as pessoas achavam melhor não correr o risco de ofender o sr. Shaitana.

Deu-lhe na veneta nessa tarde provocar aquele homenzinho de aparência ridícula: Hercule Poirot.

– Então até mesmo um policial necessita de lazer? – indagou. – Resolveu estudar artes depois de maduro, monsieur Poirot?

Poirot abriu um sorriso bem-humorado.

– Pelo que vejo – comentou –, o senhor emprestou três caixinhas para a exposição.

O sr. Shaitana abanou a mão num gesto depreciativo.

– A gente acaba colecionando bagatelas aqui e ali. Precisa conhecer o meu flat um dia desses. Tenho alguns itens fascinantes. Não me restrinjo a um período em particular nem a uma categoria de objetos.

– Seu gosto é universal.

– Bem colocado.

Súbito os olhos do sr. Shaitana dançaram, os cantos da boca se curvaram para cima e as sobrancelhas se enviesaram fantasticamente.

– Posso inclusive mostrar artefatos de sua área, monsieur Poirot!

– Quer dizer que o senhor tem seu "Museu Macabro" particular.

– Ora! – O sr. Shaitana estalou os dedos com desdém. – A xícara usada pelo assassino de Brighton, o pé de cabra de um famoso ladrão... Tolices pueris! Jamais perderia o meu tempo com essas bobagens. Só coleciono os melhores artefatos de cada gênero.

– E o que o senhor considera os melhores artefatos no mundo do crime, artisticamente falando? – quis saber Poirot.

O sr. Shaitana curvou-se à frente, repousou dois dedos no ombro de Poirot e sibilou em tom dramático:

– Os seres humanos que os cometem, monsieur Poirot.

As sobrancelhas de Poirot se ergueram de leve.

– Arrá! Eu o surpreendi – declarou o sr. Shaitana. – Meu amigo, nós dois encaramos esse assunto sob prismas opostos! Para você, o crime é uma questão de rotina: o assassinato, a investigação, as pistas e, por fim, pois sem dúvida você é um sujeito competente, a condenação. Essas banalidades não me atraem! Não sou atraído por espécimes medíocres de gênero algum. E o assassino descoberto é necessariamente um fracassado. É de segunda categoria. Não: eu encaro a questão do ponto de vista artístico. Só coleciono a nata!

– E a nata vem a ser...? – instigou Poirot.

– Ora, meu amigo... *aqueles que escaparam impunes*! Os bem-sucedidos! Os criminosos que levam uma vida boa sem que paire sobre eles sequer uma sombra de suspeita. Não é um hobby divertido?

– Passou-me outro adjetivo pela cabeça, não "divertido".

– Tive uma ideia! – gritou Shaitana, sem dar atenção a Poirot. – Um jantarzinho! Um jantar para você conhecer meus espécimes! Sem dúvida, é uma ideia muito divertida. Não consigo imaginar por que nunca me ocorreu antes. Sim... sim, com certeza... Precisa me dar um tempinho... não na semana que vem... Digamos, sem ser na próxima semana, na outra. Tem algum compromisso? Que dia é melhor para você?

– Qualquer dia na semana depois da próxima está bom para mim – respondeu Poirot curvando o corpo em sinal de reverência.

– Ótimo... então na sexta. Fica marcado para a sexta-feira, dia 18. Vou tomar nota agora mesmo na minha agenda. Com certeza, a ideia me agrada imensamente.

– Não tenho assim tanta certeza se me agrada – observou Poirot devagar. – Não que eu seja insensível à gentileza de seu convite... não... não é isso...

Shaitana o interrompeu.

– Mas choca suas sensibilidades burguesas? Meu amigo, você *tem que* se libertar das limitações da mentalidade policialesca.

Poirot murmurou sem pressa:

– É verdade. Eu tenho uma atitude radicalmente burguesa em relação a assassinatos.

– Mas, meu caro, *por quê*? Um ato sem sentido, malfadado e sanguinolento... Sim, concordo com você. Mas o assassinato pode ser uma *arte*! Um assassino pode ser um verdadeiro artista.

– Ah, isso eu tenho que admitir.

– Então qual é o problema? – indagou o sr. Shaitana.

– Ele não deixa de ser um assassino!

– Com certeza, meu caro monsieur Poirot, realizar um ato com perfeição primorosa é uma *justificativa*! Você ambiciona, muito destituído de imaginação, prender todo e qualquer assassino, algemá-lo, encarcerá-lo e, no andar da carruagem, quebrar o seu pescoço no patíbulo ao alvorecer.

Em minha opinião, um assassino bem-sucedido merece receber pensão do governo e convites para jantar!

Poirot deu de ombros.

– Não sou assim tão insensível à arte no mundo do crime quanto o senhor imagina. Consigo nutrir admiração pelo assassino perfeito... Também sou capaz de admirar um tigre... Esse magnífico animal de listras fulvas. Mas eu o admiro do lado de fora da jaula. Não me aventuro a entrar nela. Ou melhor, a menos que seja meu dever fazê-lo. Pois percebe, sr. Shaitana, o tigre pode atacar...

O sr. Shaitana caiu na gargalhada.

– Percebo. E o assassino?

– Pode matar – emendou Poirot com seriedade.

– Meu bom companheiro... como você é pessimista! Então não vai comparecer para conhecer a minha coleção... de tigres?

– Ao contrário: ficarei encantado.

– Que corajoso!

– Não está me entendendo bem, sr. Shaitana. Minhas palavras tiveram o intuito de alertá-lo. Perguntou-me há pouco se eu achava divertida a sua ideia de uma coleção de assassinos. Respondi que uma coleção desse tipo me fazia lembrar outro adjetivo. Esse adjetivo é: perigoso. Imagino, sr. Shaitana, que seu hobby possa ser perigoso!

O sr. Shaitana deu uma risada mefistofélica e confirmou:

– Posso esperá-lo então no dia 18?

Poirot fez uma pequena mesura.

– Pode me esperar no dia 18. *Mille remerciements.*

– Vou organizar uma festinha – disse Shaitana, absorto em reflexões. – Não se esqueça. Oito horas.

E se afastou. Poirot o seguiu com o olhar por alguns instantes.

Devagar, meneou a cabeça, pensativo.

Capítulo 2

Jantar no apartamento do sr. Shaitana

A porta do apartamento do sr. Shaitana se abriu silenciosamente. Um mordomo grisalho a segurou e deixou Poirot entrar. Fechou a porta em igual silêncio e habilmente ajudou o convidado a se desvencilhar do sobretudo e do chapéu.

Murmurou com voz fleumática:

– A quem devo anunciar?

– Monsieur Hercule Poirot.

Um burburinho de vozes penetrou no hall quando o mordomo abriu a porta da sala e comunicou:

– Monsieur Hercule Poirot.

Cálice de xerez na mão, Shaitana (como de costume, vestido de modo irrepreensível) veio acolher o recém-chegado. Nesta noite, o ar mefistofélico do anfitrião parecia mais intenso, e o arqueio debochado de suas sobrancelhas, mais saliente.

– Deixe-me apresentá-lo. Conhece a sra. Oliver?

O encenador que havia nele degustou o ligeiro sobressalto de surpresa de Poirot.

A sra. Ariadne Oliver era conhecidíssima como uma das mais proeminentes escritoras de novelas policiais e outras histórias empolgantes. Escrevera artigos loquazes (embora não exatamente gramaticais) abordando *O pendor ao crime*; *Famosos crimes passionais*; *Assassínio por amor versus assassínio por interesse.* Também granjeara fama como feminista inflamada. Quando assassinatos de certa importância ganhavam espaço na imprensa, o público já podia esperar uma entrevista com a sra. Oliver. Reza a lenda que ela dissera um dia: "As coisas seriam diferentes se uma *mulher* estivesse no comando da Scotland Yard!". Ela acreditava piamente na intuição feminina.

Afora isso, era uma agradável senhora de meia-idade, atraente à sua moda um tanto quanto desleixada, com olhos bonitos e ombros grandes, sem falar na vasta e rebelde cabeleira grisalha, alvo de contínuas experiências. Um dia sua figura emanava um ar altamente intelectual – a testa larga à mostra, o cabelo puxado para trás num imenso coque tapando o pescoço; no outro, de modo inesperado, a sra. Oliver aparecia com laços de madona ou volumosos cachinhos levemente desgrenhados. Nesta noite em especial, a sra. Oliver arriscou uma franja.

Em voz grave e simpática, cumprimentou Poirot, a quem já fora apresentada noutra oportunidade – um jantar literário.

– E com certeza já conhece o superintendente Battle – afirmou o sr. Shaitana.

Um homenzarrão deu um passo à frente. Ombros largos, rosto impassível. Quem observasse o superintendente Battle não só tinha a impressão de que ele era entalhado em madeira – também era levado a imaginar que a madeira em questão provinha de uma nau de batalha.

O superintendente Battle supostamente era um dos melhores e mais típicos representantes da Scotland Yard. Sempre ostentava uma expressão aparvalhada e glacial.

– Já tive o prazer de conhecer o monsieur Poirot – declarou o superintendente Battle.

E sua cara de madeira crispou-se num sorriso para logo voltar à costumeira indiferença.

– Coronel Race – prosseguiu o sr. Shaitana.

Poirot ainda não fora apresentado ao coronel Race, mas sabia certas coisas sobre ele. Cinquentão de cabelos castanhos, porte elegante e tez intensamente bronzeada, ele costumava marcar presença em postos avançados do império, em especial onde fermentava alguma turbulência. Serviço secreto é um termo sensacionalista, mas descreve aos leigos com bastante exatidão a natureza e o escopo das atividades do coronel Race.

Àquela altura, Poirot já percebera e se rendera à curiosa essência das intenções cômicas do anfitrião.

– Nossos demais convidados estão atrasados – avisou o sr. Shaitana. – Culpa minha, talvez. Acho que com eles eu marquei oito e quinze.

Mas naquele instante a porta se abriu, e o mordomo anunciou:

– Dr. Roberts.

O sujeito que entrou o fez com uma espécie de paródia da postura energica com que médicos visitam os pacientes. Cordial indivíduo de meia-idade, rosto bem corado, olhinhos faiscantes, calvície incipiente e tendência a *embonpoint**. Tinha a aparência geral de clínico asséptico e bem-escovado, e seu jeito de ser transmitia disposição e confiança. Dava a impressão de que seu diagnóstico seria correto, e sua prescrição, adequada e prática – "quem sabe um pouco de champanhe na convalescença". Alguém acostumado a transitar na alta sociedade!

– Não cheguei atrasado, espero... – indagou o dr. Roberts vividamente.

Trocou um aperto de mãos com o anfitrião e foi apresentado aos demais. Mostrou encanto especial ao cumprimentar Battle.

– Puxa, o senhor é um dos figurões da Scotland Yard, não é mesmo? *Que* interessante! Azar o seu: já aviso que vou puxar assunto para saber do seu trabalho. Sempre me interessei pelo mundo do crime. Péssimo costume para um médico, talvez. Melhor não revelar isso para meus pacientes nervosos. He, he!

---

* Sobrepeso. (N.T.)

De novo a porta se abriu.

– Sra. Lorrimer.

Entrou no recinto uma mulher bem-vestida na casa dos sessenta anos. Traços delicados, cabelo grisalho penteado. Falou em voz clara e incisiva:

– Espero não estar atrasada.

E caminhou rumo ao anfitrião.

Depois ela se dirigiu ao dr. Roberts, a quem já conhecia.

O mordomo anunciou:

– Major Despard.

Bem-apessoado, alto e magro, o major Despard tinha o rosto levemente desfigurado por uma cicatriz na têmpora. Findas as apresentações, aproximou-se do coronel Race, e logo os dois comentavam sobre esportes e comparavam aventuras em safáris.

Pela última vez a porta se abriu, e o mordomo participou:

– Srta. Meredith.

Uma jovem de vinte e poucos anos entrou. Estatura mediana, rosto bonito. Fartos caracóis castanhos lhe caíam nos ombros. Imensos olhos cinzentos, um tanto afastados um do outro, destacavam-se no rosto sem maquiagem, à exceção de um discreto pó de arroz. Murmurou em voz lenta e tímida:

– Nossa, fui a última a chegar?

Sem demora o sr. Shaitana a cercou com xerez e galanteios. Procedeu a apresentações formais, quase cerimoniosas.

A srta. Meredith foi deixada bebericando xerez ao lado de Poirot.

– Nosso amigo é muito cheio de formalidades – comentou Poirot sorridente.

A moça concordou.

– Pois é. Hoje em dia, as pessoas dispensam as apresentações. Dizem apenas: "Acho que você já conhece todo mundo". E fica por isso mesmo.

– Mesmo se a pessoa não conhece ninguém?

– Mesmo se a pessoa não conhece ninguém. Às vezes isso cria uma situação embaraçosa... mas a formalidade do sr. Shaitana é ainda mais constrangedora.

Hesitou e disse em seguida:

– Aquela ali é a sra. Oliver, a escritora?

A voz grave da sra. Oliver ergueu-se naquele instante, dirigindo-se ao dr. Roberts.

– Não há como escapar do instinto feminino, doutor. As mulheres sabem dessas coisas.

Meio desligada, a escritora fez menção de tirar o cabelo da testa, mas foi vencida pela franja.

– É a sra. Oliver – confirmou Poirot.

– A autora de *O cadáver na biblioteca*?

– A própria.

A srta. Meredith franziu de leve a testa.

– E aquele senhor de cara fechada... um *superintendente*, foi o que o sr. Shaitana falou?

– Da Scotland Yard.

– E o senhor?

– E eu?

– Sei tudo sobre o senhor, monsieur Poirot. Ninguém menos que o verdadeiro responsável por desvendar os crimes ABC.

– Assim a mademoiselle me deixa encabulado.

A srta. Meredith aproximou as sobrancelhas uma da outra.

– Sr. Shaitana – começou ela e parou. – Sr. Shaitana...

Poirot murmurou:

– Alguém poderia dizer que ele tem a "cabeça voltada ao crime". Assim parece. Sem dúvida quer nos ver entrar em controvérsia. Já está provocando a sra. Oliver e o dr. Roberts. O tema: venenos que não deixam vestígios.

A srta. Meredith soltou um pequeno suspiro ao dizer:

– Que sujeito mais esquisito!

– O dr. Roberts?

– Não, o sr. Shaitana.

Estremeceu de leve e completou:

– Sempre sinto algo meio assustador nele. A gente nunca sabe o que é que ele vai achar divertido. Pode ser... algo *cruel*.

– Como a caça à raposa?

A srta. Meredith lançou a Poirot um olhar de censura.

– Eu quis dizer... ah! Algo *oriental*!

– Talvez ele tenha a mente tortuosa – admitiu Poirot.

– *Torturosa*?

– Não, não: eu disse tortuosa.

– Não posso dizer que gosto muito dele – confidenciou a srta. Meredith, baixando a voz.

– Mas vai gostar do jantar – garantiu Poirot. – O chef é fabuloso.

Ela o mirou com ar duvidoso e caiu na risada.

– Ora, ora – exclamou –, até que o senhor é bem humano.

– Mas claro que sou humano!

– Sabe – explicou a srta. Meredith –, tanta celebridade junta intimida um pouco a gente.

– Não se sinta intimidada, mademoiselle... Sinta-se empolgada! Deixe à mão o livro de autógrafos e a caneta.

– Bem, não sou assim tão interessada em crimes, sabe. Não acho que isso seja coisa de mulher. São os homens que gostam de ler livros policiais.

Hercule Poirot deixou escapar um suspiro afetado.

– Pobre de mim! – disse ele. – Numa hora dessas é que eu daria tudo para ser um astro do cinema, nem que fosse o mais insignificante!

O mordomo escancarou a porta.

– O jantar está servido – murmurou.

O prognóstico de Poirot justificou-se amplamente. O jantar estava delicioso e o serviço, perfeito. Luzes brandas, madeiras polidas, o brilho azul dos cristais irlandeses. Na meia-luz, à cabeceira da mesa, o sr. Shaitana parecia mais diabólico do que nunca.

Desculpou-se com bom humor pelo número desigual de homens e mulheres.

À sua direita na mesa, a sra. Lorrimer; à esquerda, a sra. Oliver. Já a srta. Meredith sentou-se entre o superintendente Battle e o major Despard. Poirot acomodou-se entre a sra. Lorrimer e o dr. Roberts.

O médico falou em tom animado a Poirot:

– Não vamos permitir que o senhor monopolize a única moça bonita da festa a noite toda. Vocês, franceses, não perdem tempo, não é mesmo?

– Na verdade sou belga – corrigiu Poirot.

– Creio que dá na mesma quando o assunto é mulher, meu rapaz – rebateu o médico, alegre.

Em seguida, deixando de lado a animação e adotando um ar profissional, virou a cabeça e entabulou conversa com o coronel Race sobre os mais recentes avanços no tratamento da doença do sono causada pela mosca tsé-tsé.

A sra. Lorrimer voltou-se a Poirot e começou a falar nas peças teatrais em cartaz, sobre as quais teceu críticas perspicazes e opiniões sólidas. A conversa migrou para literatura e daí para política internacional. Poirot constatou tratar-se de uma interlocutora bem-informada e arguta.

No outro lado da mesa, a sra. Oliver perguntava ao major Despard se ele já ouvira falar de algum veneno desconhecido de lugares remotos.

– Bem, existe o *curare*.

– *Vieux jeu*, meu caro! Isso já foi usado centenas de vezes. Refiro-me a algo *novo*!

O major Despard retrucou satiricamente:

– Tribos primitivas são conservadoras ao extremo. Agarram-se aos bons e velhos métodos usados por avós e bisavós.

– Que gente mais monótona – comentou a sra. Oliver. – Eu achava que viviam fazendo experiências e triturando ervas e afins. Bela oportunidade para exploradores, sempre acho. Poderiam voltar para casa e matar todos os tios ricos com uma droga nova, de quem nunca ninguém ouviu falar.

– Deve-se buscar isso na civilização, não na natureza – ponderou Despard. – Nos laboratórios modernos, por exemplo. Culturas de micróbios de aparência inocente que produzem doenças infalíveis.

– Isso não serviria para o *meu* público – argumentou a sra. Oliver. – Além disso, é muito fácil confundir os nomes, estafilococos, estreptococos e o diabo. Tão complicado para minha secretária e, convenhamos, muito sem graça, não acha? Qual é a *sua* opinião, superintendente Battle?

– Na vida real, as pessoas não se preocupam com sutilezas, sra. Oliver – opinou o superintendente. – Costumam cair no lugar-comum e usar arsênico, porque está na moda e é fácil de obter.

– Tolice – retorquiu a sra. Oliver. – Só pensa isso porque vocês da Scotland Yard deixam muitos crimes sem solução. Se ao menos houvesse um cérebro feminino lá dentro...

– Para falar a verdade nós temos...

– Sim, aquelas policiais pavorosas com chapéus risíveis que incomodam as pessoas nos parques! Refiro-me a mulheres no comando. Mulheres *conhecem* o crime.

– Elas costumam ser criminosas muito bem-sucedidas – concordou o superintendente Battle. – Nem se preocupam. É espantoso como não deixam transparecer o nervosismo.

O sr. Shaitana soltou um riso ligeiro.

– Veneno é uma arma feminina – sentenciou. – Deve haver muitas envenenadoras secretas... jamais descobertas.

– Claro que há – concordou alegre a sra. Oliver, servindo-se de uma porção generosa da musse de *foie gras*.

– Médicos também têm lá suas oportunidades – prosseguiu o sr. Shaitana com ar meditativo.

– Eu protesto! – gritou o dr. Roberts. – Só envenenamos pacientes por mero acidente. – E caiu na gargalhada.

– Mas se eu fosse cometer um crime... – continuou o sr. Shaitana.

Fez uma pausa, e aquele silêncio atraiu a atenção.

Todos os rostos se voltaram a ele.

– Seria um crime bem simples, acho. Sempre existem acidentes, com arma de fogo, por exemplo. Ou acidentes do tipo doméstico.

Então encolheu os ombros e pegou a taça de vinho.

– Mas quem sou eu para falar... com tantos especialistas presentes...

Bebeu. A luz bruxuleante do candelabro lançou matizes vermelhos do vinho naquele rosto de bigode encerado, barbicha e fantásticas sobrancelhas...

Seguiu-se um silêncio meio inquietante.

A sra. Oliver o quebrou:

– Que horas são? Nove e vinte ou vinte para as dez? Um anjo passou... Meus pés não estão cruzados... Deve ser um anjo negro!

Capítulo 3

Uma partida de bridge

I

Quando o grupo retornou à sala de visitas, uma mesa de bridge havia sido preparada. O café foi servido e entregue de mão em mão.

– Quem joga bridge? – indagou o sr. Shaitana. – A sra. Lorrimer, pelo que sei. E o dr. Roberts. Joga, srta. Meredith?

– Sim. Mas não sou lá essas coisas.

– Maravilha. E o major Despard? Ótimo. Vocês quatro podem jogar aqui nesta mesa.

– Ainda bem que há bridge – confidenciou num aparte a sra. Lorrimer a Poirot. – Sou uma das maiores viciadas em bridge do planeta. Está beirando o fanatismo. Simplesmente *nem* saio para jantar se não tiver bridge depois! Caio no sono. É vergonhoso, mas é a pura verdade.

Sortearam as duplas. A sra. Lorrimer fez parceria com Anne Meredith contra o major Despard e o dr. Roberts.

– Guerra dos sexos – salientou a sra. Lorrimer, ao sentar-se e começar a embaralhar as cartas com destreza de especialista. – Vamos de baralho azul, não acha, parceira? Prefiro abertura de dois forte.

– Torço por vocês – disse a sra. Oliver, os sentimentos feministas à flor da pele. – Mostrem aos homens que nem sempre eles mandam.

– As coitadas não têm a mínima chance – comentou alegre o dr. Roberts, embaralhando o outro monte. – Pode dar as cartas, sra. Lorrimer.

O major Despard sentou-se sem pressa. Fitava Anne Meredith como se acabasse de descobrir a sua fascinante beleza.

– Corte, por favor – incitou a sra. Lorrimer com impaciência. Com um movimento brusco de desculpas, o major cortou em dois o baralho que ela dispôs à sua frente.

A sra. Lorrimer começou a distribuir as cartas com agilidade.

– Há outra mesa de bridge na sala ao lado – informou o sr. Shaitana.

Atravessou o recinto rumo à outra porta. Os outros quatro o seguiram e logo se viram numa salinha para fumantes com mobília confortável. No meio da sala, uma segunda mesa de bridge estava montada.

– Vamos sortear as duplas – sugeriu o coronel Race.

O sr. Shaitana sacudiu a cabeça.

– Não contem comigo – avisou. – Jogar bridge não me diverte.

Os outros protestaram, alegando que nesse caso prefeririam não jogar, mas o anfitrião foi enfático em rejeitar seus argumentos. Por fim, os convidados sentaram-se à mesa. Poirot e a sra. Oliver contra Battle e Race.

O sr. Shaitana assistiu o jogo por breves instantes, abriu um sorriso mefistofélico ao espiar as cartas que a sra. Oliver tinha ao declarar "Dois sem trunfos" e deslizou silenciosamente para a sala contígua.

Ali a fase de leilão já engrenava, os semblantes concentrados, as declarações fluindo com rapidez. "Um copas". "Passo". "Três paus". "Três espadas". "Quatro ouros". "Dobro". "Quatro copas".

O sr. Shaitana assistiu por alguns instantes, sorrindo consigo.

Cruzou a sala e sentou-se numa poltrona perto da lareira. Uma bandeja de bebidas fora trazida e disposta na mesa adjacente. A luz das chamas cintilava nas tampas das garrafas de cristal.

Eterno artista da iluminação, o sr. Shaitana simulara a aparência de uma sala iluminada só pelo fogo. Um pequeno abajur a seu alcance lhe fornecia luz de leitura caso desejasse. Uma discreta iluminação indireta dava uma atmosfera suave ao ambiente. Uma luz menos difusa brilhava sobre a mesa de bridge, de onde as vozes se erguiam num só tom.

– Um sem trunfo – afirmou clara e decidida a sra. Lorrimer.

– Três copas – declarou o dr. Roberts numa inflexão agressiva.

– Passo – volveu tranquila Anne Meredith.

Uma ligeira pausa sempre precedia a voz de Despard. Não que ele tivesse o raciocínio lento: apenas gostava de ter certeza antes de falar.

– Quatro copas.

– Dobro.

Com a luz bruxuleante da lareira iluminando o seu rosto, o sr. Shaitana sorriu.

Sorriu e continuou sorrindo. Suas pálpebras estremeceram de leve...

Seus convidados o divertiam.

II

– Cinco ouros. Fechamos o *game* e o *rubber* – sentenciou o coronel Race. – Mérito seu, parceiro – parabenizou ele, dirigindo-se a Poirot. – Achei que você não ia conseguir cumprir o contrato. Ainda bem que eles não abriram com espadas.

– Não faria diferença nenhuma – reconheceu o superintendente Battle, adversário de nobre magnanimidade.

Ele havia cantado espadas. Sua parceira, a sra. Oliver, tinha espadas, mas "algo lhe dissera" para abrir com paus – com resultados desastrosos.

O coronel Race olhou o relógio.

– Meia noite e dez. Tempo para outro *rubber*?

– Vão me desculpar – atalhou o superintendente Battle. – Costumo dormir cedo.

– Eu também – endossou Hercule Poirot.

– É melhor contarmos – disse Race.

O resultado dos cinco *rubbers* da noite foi a vitória acachapante do sexo masculino. A sra. Oliver perdera três libras e sete xelins para os outros três. O maior vencedor foi o coronel Race.

A sra. Oliver, embora limitada como jogadora de bridge, costumava levar a derrota na esportiva. Pagou sem perder o bom humor.

– Hoje à noite tudo deu errado para mim – constatou. – Às vezes isso acontece. Ontem recebi cartas maravilhosas. Foram 150 pontos em honras, três vezes consecutivas.

Ergueu-se, pegou a bolsa de festa bordada, refreou a tempo o gesto de tirar o cabelo da testa e comentou:

– Nosso anfitrião deve estar na sala ao lado.

Cruzou a porta, com os outros atrás dela.

Perto do fogo, o sr. Shaitana permanecia sentado na poltrona, enquanto os outros bridgistas continuavam absortos na partida.

– Dobro cinco paus – declarava a sra. Lorrimer em sua voz fria e incisiva.

– Cinco sem trunfos.

– Dobro cinco sem trunfos.

A sra. Oliver aproximou-se da mesa de bridge. Aquela rodada prometia ser empolgante.

O superintendente Battle a acompanhou.

O coronel Race rumou até o sr. Shaitana, seguido por Poirot.

– Temos que ir, Shaitana – comunicou Race.

O sr. Shaitana não respondeu. Sua cabeça pendia à frente, e ele parecia adormecido. Race relanceou a Poirot um olhar desconfiado e aproximou-se um pouco mais. De repente, soltou uma exclamação abafada e inclinou-se para a frente. Em um átimo, Poirot estava ao seu lado, também mirando o ponto que o coronel Race apontava – algo que lembrava uma abotoadura especialmente adornada, mas não era...

Poirot se debruçou, ergueu uma das mãos do sr. Shaitana e em seguida deixou-a cair. Encontrou o olhar indagador de Race e assentiu com a cabeça. O coronel ergueu a voz.

– Superintendente Battle, só um instante.

O superintendente acorreu na direção deles. A sra. Oliver continuou a assistir a mão de cinco sem trunfos com dobre.

Não obstante sua aparência impassível, agilidade não faltava ao superintendente Battle. Suas sobrancelhas se ergueram, e ele disse em voz baixa ao se aproximar:

– Algo errado?

Com um gesto de cabeça, o coronel Race mostrou a figura silenciosa na poltrona.

Enquanto Battle se inclinava sobre o anfitrião, Poirot perscrutou pensativo o que o rosto do sr. Shaitana revelava. Agora aquele rosto parecia idiota; a boca pendia entreaberta, e a expressão diabólica sumira...

Hercule Poirot balançou a cabeça.

O superintendente Battle endireitou o corpo. Havia examinado, sem tocar, o objeto que parecia uma abotoadura extra na camisa do sr. Shaitana – mas não era uma abotoadura extra. Erguera a mão inerte e a deixou cair.

Então se aprumou impassível, competente e marcial, pronto para administrar a situação com eficácia.

– Só um instante, por gentileza – pediu ele.

E a voz que se ergueu era sua voz oficial, tão singular que todas as cabeças na mesa de bridge se voltaram a ele, e a mão de Anne Meredith permaneceu suspensa sobre o ás de espadas do morto.

– Sinto informar a todos – anunciou ele – que o nosso anfitrião, o sr. Shaitana, morreu.

A sra. Lorrimer e o dr. Roberts se levantaram de um pulo. Despard fitou o vazio e franziu o cenho. Anne Meredith emitiu um leve suspiro.

– Tem certeza, homem?

O dr. Roberts, cujos instintos profissionais se eriçaram, aproximou-se com energia, com os passos resolutos de um médico que está na hora certa e no lugar certo.

Discretamente, o corpo volumoso do superintendente Battle impediu o seu avanço.

– Espere um pouco, dr. Roberts. Pode me dizer primeiro quem entrou e saiu desta sala durante o jogo?

Roberts o fitou estarrecido.

– Entrou e saiu? Não estou entendendo. Ninguém entrou nem saiu.

O superintendente transferiu o seu olhar.

– Confere, sra. Lorrimer?

– Isso mesmo.

– Nem o mordomo ou algum dos criados?

– Não. O mordomo trouxe aquela bandeja na hora em que sentamos à mesa de bridge. Depois não entrou mais.

O superintendente Battle fitou Despard.

Despard acenou a cabeça de modo afirmativo.

Anne balbuciou meio sem fôlego:

– Sim... sim, é isso mesmo.

– O que se passa, homem? – insistiu Roberts impaciente. – Deixe-me examiná-lo. Talvez seja apenas um desmaio.

– Sinto muito, não é desmaio... *E ninguém vai tocá-lo até o legista chegar. Senhoras e senhores, o sr. Shaitana foi assassinado.*

– Assassinado? – indagou Anne num suspiro horrorizado e incrédulo.

Despard fitou o vazio com um olhar inexpressivo.

– Assassinado? – repetiu a sra. Lorrimer num grito cortante.

E um "Meu bom Deus!" foi a reação do dr. Roberts.

O superintendente Battle assentiu devagar com a cabeça. Mais parecia um mandarim de porcelana chinesa. Semblante impassível.

– Apunhalado – explicou. – Foi essa a maneira. Apunhalado.

Logo emendou a pergunta:

– Alguém deixou a mesa de bridge durante o jogo?

Viu quatro rostos estupefatos... indecisos. Viu medo... dúvida... indignação... angústia... horror. Mas nada capaz de ajudar.

– E então?

Seguiu-se um silêncio, e o major Despard falou em voz baixa (ele se levantara agora e parecia um soldado de prontidão, com o rosto fino e inteligente voltado a Battle):

– Acho que todos nós, em alguma ocasião, saímos da mesa de bridge... para pegar bebidas ou atiçar o fogo. Eu o fiz pelos dois motivos. Quando fui à lareira, Shaitana dormia na poltrona.

– Dormia?

– Foi isso que achei... sim.

– Dormia – ponderou Battle – ou já estava morto. Logo vamos verificar isso. Peço que passem à sala contígua. – Dirigiu-se ao vulto quieto a seu lado: – Coronel Race, quer acompanhá-los?

Race fez um rápido gesto de compreensão com a cabeça.

– Certo, superintendente.

Os quatro jogadores de bridge saíram devagar pela porta.

A sra. Oliver sentou-se numa cadeira na extremidade oposta da sala e começou a chorar de mansinho.

Battle tirou o telefone do gancho e falou com alguém. Depois disse:

– Daqui a pouco a polícia local vai estar aqui. Por ordens do quartel-general, fui nomeado responsável pelo caso. O médico-legista vai chegar logo. Há quanto tempo acha que ele está morto, monsieur Poirot? Eu diria que há bem mais de uma hora.

– Concordo. E, afinal de contas, o legista não tem como ser mais exato... Não é capaz de dizer: "Este homem morreu há uma hora, vinte e cinco minutos e quarenta segundos".

Battle assentiu distraído.

– Ele estava sentado defronte ao fogo. Isso faz certa diferença. Não menos que uma hora, não mais que duas horas e meia: é isso o que o legista vai dizer, posso apostar. E ninguém escutou nem viu nada. Espantoso! Que risco impensado o assassino correu. A vítima podia ter gritado.

– Mas não gritou. Sorte do assassino. Como o senhor disse, *mon ami*, foi um ato impensado.

– Alguma ideia, monsieur Poirot, quanto ao motivo? Algo nesse sentido?

Poirot falou com brandura:

– Sim, tenho algo a dizer a esse respeito. Diga-me, por acaso o sr. Shaitana não insinuou nada sobre o tipo de festa à qual o senhor foi convidado hoje à noite?

O superintendente Battle fitou Poirot com curiosidade.

– Não, monsieur Poirot. Não insinuou nada. Por quê?

Uma campainha soou ao longe, e uma aldrava foi acionada.

– É a nossa gente – disse o superintendente Battle. – Vou fazê-los entrar. Continue seu relato daqui a pouco. Preciso dar andamento à rotina.

Poirot assentiu.

Battle saiu do recinto.

A sra. Oliver continuava a soluçar.

Poirot chegou perto da mesa de bridge. Sem tocar nada, examinou as fichas com as pontuações. Balançou a cabeça uma ou duas vezes.

– Sujeitinho idiota! Ah, que homenzinho idiota – murmurou Hercule Poirot. – Vestir-se como o demônio só para amedrontar as pessoas. *Quel enfantillage*!

A porta se abriu. O médico-legista entrou de maleta em punho. Foi seguido pelo inspetor local, conversando com Battle. Depois surgiu um fotógrafo. No hall ficou um guarda.

Começara a rotina da investigação policial.

Capítulo 4

Primeiro assassino?

Uma hora depois, Hercule Poirot, a sra. Oliver, o coronel Race e o superintendente Battle sentaram-se ao redor da mesa de jantar.

O corpo fora examinado, fotografado e removido. Um perito em impressões digitais comparecera, fizera seu trabalho e se despedira.

O superintendente Battle encarou Poirot.

– Antes de permitir a entrada daqueles quatro, gostaria de ouvir o que o senhor tem a dizer. Contava-me que havia algo por trás do encontro de hoje à noite.

De modo refletido e cuidadoso, Poirot detalhou a conversa que tivera com Shaitana na Wessex House.

O superintendente Battle enrugou os lábios. Quase assobiou.

– Espécimes... hein? Puxa vida, assassinos de carne e osso! E acha que ele *falava sério*? Não estava lhe pregando uma peça?

Poirot meneou a cabeça.

– Ah, sem dúvida falava sério. Shaitana tinha orgulho de sua atitude mefistofélica em relação à vida. Era um homem de imensa vaidade. Também era estúpido... Por esse motivo está morto.

– Entendo o que o senhor quer dizer – comentou o superintendente Battle, recapitulando os fatos na cabeça. – Um grupo de oito convidados e ele próprio. Quatro "detetives", por assim dizer... e quatro assassinos!

– Impossível! – gritou a sra. Oliver. – Absolutamente impossível. Nenhuma dessas pessoas pode ser *criminosa.*

O superintendente Battle balançou a cabeça, pensativo.

– Eu não teria tanta certeza assim, sra. Oliver. Assassinos parecem e se comportam praticamente como todo mundo. Muitas vezes são pessoas simpáticas, tranquilas, bem-comportadas e racionais.

– Sendo assim, é o dr. Roberts – sentenciou a sra. Oliver. – Desde que bati os olhos nele, meu instinto me disse que havia algo errado com esse homem. Meu instinto nunca mente.

Battle voltou-se ao coronel Race.

Race deu de ombros. Considerou que a consulta se referia à afirmação de Poirot e não às suspeitas da sra. Oliver.

– Talvez – ponderou. – É possível. Mostra que Shaitana estava certo em *um* caso, pelo menos! Afinal de contas, ele só podia *suspeitar* que essas pessoas eram assassinas... não tinha como ter certeza. Não sabemos se acertou em todos os quatro casos... mas em *um* caso ele acertou. Sua morte provou isso.

– Um deles sentiu-se ameaçado. Acha que foi isso, monsieur Poirot?

Poirot assentiu.

– O falecido sr. Shaitana tinha a reputação – mencionou ele – de cultivar um senso de humor perigoso e de ser um homem implacável. Um dos convidados pensou que Shaitana havia preparado uma reunião social para se divertir às suas custas, culminando com o momento em que o anfitrião entregaria a "vítima" à polícia: ao *senhor*! Ele, ou ela, deve ter pensado que Shaitana tinha provas cabais.

– E tinha?

Poirot deu de ombros.

– Isso nós nunca vamos saber.

– O dr. Roberts! – repetiu a sra. Oliver com ênfase. – Uma pessoa tão cordial. Assassinos com frequência são cordiais... Puro disfarce! Se eu fosse o senhor, superintendente Battle, eu o prenderia sem pestanejar.

– Imagino que o prenderíamos caso a Scotland Yard tivesse comando feminino – retorquiu o superintendente Battle, com um momentâneo brilho divertido no olhar quase sempre sem emoção. – Mas, sabe, com meros homens no comando, temos que ser cuidadosos. Temos que ir devagar com o andor.

– Ah, homens, homens... – a sra. Oliver suspirou e começou a redigir mentalmente artigos de jornal.

– Melhor fazê-los entrar agora – disse o superintendente Battle. – Não vai ser possível mantê-los aqui por muito tempo.

O coronel Race fez menção de se levantar.

– Se prefere que a gente vá embora...

O superintendente Battle vacilou um instante ao perceber de relance o olhar eloquente da sra. Oliver. Tinha plena consciência do cargo oficial do coronel Race. Poirot, por sua vez, havia trabalhado com a polícia em muitas ocasiões. No entanto, deixar a sra. Oliver permanecer seria sem dúvida o mesmo que fechar um olho. Mas Battle era um homem bondoso. Lembrou-se que a sra. Oliver perdera três libras e sete xelins no bridge e que havia levado na esportiva.

– Se depender de mim – aquiesceu –, todos podem ficar. Mas, sem interrupções, por favor – relanceou um olhar significativo à sra. Oliver. – E também não deve haver alusão ao que o monsieur Poirot nos contou há pouco. Esse era o segredinho de Shaitana e, para todos os efeitos, morreu com ele. Entendido?

– Perfeitamente – disse a sra. Oliver.

Battle caminhou rumo à porta e chamou o guarda de prontidão no hall.

– Vá até a sala de fumantes. Vai encontrar Anderson lá com os quatro convidados. Peça ao dr. Roberts que tenha a bondade de vir até aqui.

– Eu o deixaria para o final – sugeriu a sra. Oliver. – Num livro, quero dizer – acrescentou como quem se desculpa.

– A vida real é um pouquinho diferente – limitou-se a dizer Battle.

– Sei disso – assentiu a sra. Oliver. – Mal arquitetada.

O dr. Roberts entrou com a elasticidade de seus passos levemente reprimida.

– Puxa, Battle – exclamou ele. – Que negócio infernal! Vai me desculpar, sra. Oliver, mas é isso mesmo. Do ponto de vista profissional, eu mal posso acreditar! Apunhalar um homem a poucos metros de outras três pessoas. – Balançou a cabeça. – Uau! Eu não gostaria de ter uma missão dessas! – Estorceu os cantos da boca num tênue sorriso. – O que é que eu posso dizer ou fazer para convencê-lo de que eu *não* sou o autor do crime?

– O motivo, dr. Roberts.

O médico assentiu com veemência.

– Claro como cristal. Eu não tinha nem sombra de motivo para eliminar o pobre Shaitana. Nem ao menos o conhecia direito. Ele me divertia... era um sujeito tão excêntrico. Tinha um quê de oriental. É óbvio que a polícia vai investigar a fundo minha ligação com ele... já espero isso. Não sou bobo. Mas não vão encontrar nada. Eu não tinha motivo para matar Shaitana e não o matei.

O superintendente Battle assentiu com a cabeça, expressivo como uma porta.

– Muito bem, dr. Roberts. Tenho que investigar, como o senhor sabe. É um homem sensato. Que tal me contar algo sobre as outras três pessoas?

– Receio não saber muito. Despard e a srta. Meredith eu conheci esta noite. Já tinha ouvido falar em Despard... e lido seu livro de viagens. Uma bela narrativa, por sinal.

– Sabia que ele e o sr. Shaitana se conheciam?

– Não. Shaitana nunca tocou nesse assunto. Como eu disse, eu já tinha ouvido falar nele, mas nunca havíamos sido apresentados. Eu nunca tinha visto antes a srta. Meredith. Conheço superficialmente a sra. Lorrimer.

– O que sabe sobre ela?

Roberts deu de ombros.

– Viúva. Razoavelmente abastada. Inteligente, culta... bridgista de mão cheia. Falando nisso, foi assim que a conheci: jogando bridge.

– E o sr. Shaitana nunca falou nela também?

– Não.

– Hum... isso não nos ajuda muito. Bem, dr. Roberts, talvez faça a bondade de rastrear sua memória com cuidado e me contar quantas vezes se ausentou da mesa de bridge e tudo o que se lembra dos movimentos dos outros.

O dr. Roberts demorou um tempo pensando.

– É complicado – confessou com franqueza. – Consigo recordar meus próprios movimentos, mais ou menos. Levantei-me em três oportunidades... ou seja, nas três vezes em que fui o morto, deixei meu lugar e tratei de fazer algo útil. Uma vez me aproximei da lareira para reanimar o fogo. Noutra trouxe drinques para as damas. Na terceira preparei um uísque com soda para mim.

– Consegue lembrar os horários?

– Só posso dizer muito por alto. Começamos a jogar por volta de nove e meia, creio eu. Diria que mais ou menos uma hora depois eu alimentei o fogo. Logo em seguida servi os drinques, sem ser na mão seguinte, na outra, penso eu. Deve ter sido lá pelas onze e meia quando me levantei para fazer o uísque com soda. Mas esses horários são apenas estimados. Não posso garantir que estejam corretos.

– A mesa com os drinques estava além da poltrona do sr. Shaitana?

– Sim. O que equivale a dizer que passei bem perto dele três vezes.

– E em todas as vezes, até onde vai a sua percepção, ele estava adormecido?

– Foi isso o que pensei na primeira vez. Na segunda vez nem olhei direito para ele. Na terceira vez imagino mesmo que tenha me passado pela cabeça o pensamento: "Como dorme esse sujeito". Mas não cheguei a prestar muita atenção nele.

– Ótimo. E os demais jogadores, quando saíram da mesa?

O dr. Roberts franziu o cenho.

– É complicado... muito complicado. Despard levantou-se para pegar um cinzeiro extra, se não me engano. E também buscou um drinque. Isso foi antes de mim, pois me lembro que ele me ofereceu um e eu respondi que ainda não queria.

– E as damas?

– A sra. Lorrimer foi até a lareira uma vez. Se não estou enganado, ela atiçou o fogo. Pensando bem, agora tenho a impressão que ela trocou umas palavras com Shaitana, mas não tenho certeza. Naquela hora eu estava no meio de um carteio bem complicadinho e sem trunfo.

– E a srta. Meredith?

– Com certeza deixou a mesa uma vez. Ela deu a volta e olhou minhas cartas... Eu era o parceiro dela naquela hora. Daí ela espiou as cartas dos outros e ficou vagueando pela sala. Não sei bem o que ela estava fazendo. Não prestei atenção.

O superintendente Battle ponderou absorto:

– Enquanto vocês estavam sentados à mesa, nenhuma das cadeiras estava de fronte para a lareira?

– Não. A mesa estava meio de lado, e havia um armário baixo na frente... Um móvel chinês, muito bonito por sinal. Consigo entender, é claro, que seria perfeitamente *possível* apunhalar o velhote. Afinal de contas, quando a gente está jogando bridge, está jogando bridge. Não fica olhando em volta nem prestando atenção no que está acontecendo. A única pessoa que pode fazer isso é o morto da vez. E nesse caso...

– Nesse caso, sem dúvida, o morto foi o assassino – concluiu o superintendente Battle.

– De qualquer modo – continuou o dr. Roberts –, precisou de sangue-frio, sabe. Afinal, como garantir que alguém não ia olhar na hora H?

– Sim – concordou Battle. – O assassino correu um risco enorme. O motivo deve ter sido forte. Pena que não sabemos qual foi – acrescentou com falsidade, mas sem corar.

– Vai descobrir, espero – disse Roberts. – Vai examinar os papéis guardados da vítima, esse tipo de coisa. É provável que apareça uma pista.

– Esperamos que sim – respondeu o superintendente Battle, melancólico.

Lançou um olhar mordaz ao entrevistado.

– Imagino se faria a gentileza, dr. Roberts, de manifestar sua opinião... Cá entre nós.

– Pois não.

– Qual dos três o senhor acha que foi?

O dr. Roberts encolheu os ombros.

– Isso é fácil. Assim de improviso eu diria que foi Despard. O sujeito tem coragem suficiente e está acostumado a uma vida perigosa em lugares onde é preciso agir com rapidez. Não se importa em correr riscos. Não me parece plausível que as mulheres estejam envolvidas nisso. Exige um pouco de força, imagino.

– Nem tanto quanto o senhor pensa. Dê uma olhada nisso.

Num passe de mágica, Battle apresentou um instrumento de lâmina fina e comprida em metal reluzente e cabo redondo cravejado de brilhantes.

O dr. Roberts curvou-se à frente, pegou o objeto e examinou-o com imensa satisfação profissional. Experimentou o gume e assobiou.

– Que belo instrumento! Desenhado com perfeição para o assassinato, este bichinho. Deve penetrar a carne como se ela fosse manteiga... O assassino o trouxe com ele, suponho.

– Não. Pertencia ao sr. Shaitana. Exposto na mesa junto à porta, com uma porção de outras curiosidades.

– E então o assassino se serviu. Que sorte danada encontrar uma ferramenta como esta.

– Bem, esse é um modo de encarar a coisa – comentou Battle devagar.

– Claro, não foi sorte para Shaitana, coitado.

– Não foi isso que eu quis dizer, dr. Roberts. Quis dizer que há outro ângulo para encarar o assunto. O nosso criminoso chega, vislumbra esta arma e lhe brota a ideia de assassinato.

– Quer dizer que foi uma inspiração repentina... que o crime não foi premeditado? Que ele concebeu a ideia depois de chegar aqui? Hum... existe algo que sugira essa ideia?

O dr. Roberts perscrutou Battle.

– Foi só uma ideia – limitou-se a dizer de modo inexpressivo o superintendente Battle.

– Pode ter sido assim, é claro – concordou calmamente o dr. Roberts.

O superintendente Battle pigarreou.

– Bem, não vou mais retê-lo, doutor. Obrigado por sua ajuda. Talvez queira nos deixar seu endereço.

– Claro. Gloucester Terrace, 200, W. 2. Telefone: Bayswater 23896.

– Obrigado. Talvez eu tenha que lhe fazer uma visita em breve.

– Estou a seu dispor. Será um prazer reencontrá-lo. Espero que não apareça muita coisa nos jornais. Não quero aborrecer meus pacientes de nervos frágeis.

O superintendente Battle correu o olhar até Poirot.

– Monsieur Poirot, se quiser fazer alguma pergunta, tenho certeza de que o doutor não vai se importar.

– É óbvio que não. Sou um grande fã seu, monsieur Poirot. Pequenas células cinzentas... Organização e método. Conheço toda a sua trajetória. Tenho certeza de que vai pensar em algo muito intrigante para me perguntar.

Hercule Poirot abriu as mãos em seu estilo mais estrangeiro.

– Não, não. Só quero esclarecer todos os detalhes em minha cabeça. Por exemplo, quantos *rubbers* vocês jogaram?

– Três – respondeu Roberts de pronto. – Estávamos no começo do quarto *rubber* quando vocês entraram.

– E quem jogou com quem?

– Primeiro *rubber*, Despard e eu contra as mulheres. Elas nos demoliram, as danadas. Um passeio. Não recebemos uma carta que prestasse.

"Segundo *rubber*, a srta. Meredith e eu contra Despard e a sra. Lorrimer. Terceiro *rubber*, sra. Lorrimer e eu contra a srta. Meredith e Despard. A cada *rubber* a gente trocava as duplas, mas funcionou como um pivô. No quarto *rubber*, de novo a srta. Meredith e eu."

– Quem ganhou e quem perdeu?

– A sra. Lorrimer venceu todos os *rubbers*. A srta. Meredith venceu o primeiro e perdeu os dois seguintes. Acho que na soma fiz mais pontos que a srta. Meredith e Despard.

Poirot emendou com um sorriso:

– O nosso bom superintendente perguntou sua opinião sobre seus acompanhantes como candidatos ao crime. Agora pergunto sua opinião sobre eles como jogadores de bridge.

– A sra. Lorrimer é excelente – respondeu o dr. Roberts de imediato. – Aposto que consegue uma boa renda anual só jogando bridge. Despard também é um bom jogador. O que eu chamo de jogador *sólido*... Sólido e sagaz. A srta. Meredith pode ser descrita como uma jogadora bem precavida. Não comete erros nem faz lances brilhantes.

– E o senhor, doutor?

Roberts respondeu com um brilho divertido nos olhos:

– Tenho certa tendência a supervalorizar a mão e a exagerar no leilão, pelo menos é o que dizem. Mas sempre chego à conclusão de que vale a pena.

Poirot sorriu.

O dr. Roberts levantou-se.

– Algo mais?

Poirot meneou a cabeça.

– Bem, boa noite, então. Boa noite, sra. Oliver. Bem que a senhora podia imitar esse caso num de seus livros. Melhor do que venenos que não deixam vestígios, não é?

O dr. Roberts saiu da sala, outra vez com molejo nas passadas. Quando a porta se fechou atrás dele, a sra. Oliver comentou com acidez:

– Imitar! Imitar, pois sim! Como falta inteligência às pessoas. A *qualquer* hora posso inventar um assassinato melhor do que qualquer caso *real*. Eu *nunca* fico perdida para bolar uma trama. E os meus leitores *gostam* de venenos que não deixam vestígios!

Capítulo 5

Segundo assassino?

A sra. Lorrimer entrou na sala de jantar com a postura de uma verdadeira dama. Um tanto pálida, mas serena.

– Sinto ter de incomodá-la – começou o superintendente Battle.

– O senhor tem que cumprir seu dever, é lógico – respondeu a sra. Lorrimer, tranquila. – Reconheço que estou numa posição desagradável. Mas não adianta nada ficar me esquivando. Entendo perfeitamente que uma das quatro pessoas presentes na sala deve ser a culpada. Claro, não imagino que vá aceitar a minha palavra de que não sou essa pessoa.

Aceitou a cadeira oferecida pelo coronel Race e sentou-se à frente de Battle. Seus astutos olhos cinzentos encontraram o olhar do superintendente. Esperou atenta.

– Conhecia bem o sr. Shaitana? – foi a primeira pergunta do superintendente.

– Não muito. Eu já o conheço há alguns anos, mas de modo superficial.

– Onde foi apresentada a ele?

– Num hotel no Egito... O Winter Palace em Luxor, se não estou enganada.

– O que achou dele?

A sra. Lorrimer encolheu os ombros de leve.

– Achei que ele era, é melhor dizer logo, meio charlatão.

– Não tinha, me desculpe por perguntar isso, nenhum motivo para desejar eliminá-lo?

A sra. Lorrimer transpareceu um ameno divertimento.

– Ora, superintendente Battle, acha que eu ia admitir caso tivesse?

– Talvez sim – ponderou Battle. – Uma pessoa realmente perspicaz sabe que uma coisa dessas sempre acaba vindo à tona.

A sra. Lorrimer inclinou a cabeça com ar pensativo.

– Não deixa de ser verdade. Não, superintendente Battle, eu não tinha motivo para querer eliminar o sr. Shaitana. Sendo sincera, para mim tanto faz se ele está vivo ou morto. Eu o achava um *poseur*, teatral demais, e às vezes ele me irritava. Essa é, ou melhor, era, minha atitude em relação a ele.

– Então vamos adiante. Muito bem, sra. Lorrimer, pode me dizer algo sobre seus três acompanhantes?

– Quase nada. Conheci o major Despard e a srta. Meredith hoje à noite. Os dois me pareceram pessoas encantadoras. O dr. Roberts conheço de vista. É um médico muito conceituado, acredito.

– Não é seu médico?

– Ah, não.

– Certo, sra. Lorrimer. Seria capaz de me dizer quantas vezes saiu do seu lugar hoje à noite e descrever os movimentos dos outros três?

A sra. Lorrimer não precisou pensar para responder.

– Eu tinha quase certeza que me perguntaria isso. Estive tentando me lembrar. Levantei-me uma vez quando eu era o morto. Cheguei perto da lareira. O sr. Shaitana ainda estava vivo. Comentei com ele como era bonito ver o fogo crepitando.

– E o que ele respondeu?

– Que odiava aquecedores elétricos.

– Alguém escutou a conversa de vocês?

– Acho que não. Baixei o tom de voz para não interromper os jogadores. – Acrescentou com frieza: – De fato, o senhor tem só a minha palavra para se basear que o sr. Shaitana *estava* vivo e falou comigo.

O superintendente Battle não emitiu protesto. Deu andamento a seu interrogatório pacato e metódico.

– A que horas foi isso?

– Calculo que estávamos jogando há pouco mais de uma hora.

– E quanto aos demais?

– O dr. Roberts me preparou um drinque. Também pegou um para si próprio... mas isso foi depois. O major Despard também foi apanhar um drinque... por volta das onze e quinze, eu diria.

– Só uma vez?

– Não... duas, acho eu. Os homens circularam bastante... mas não prestei atenção no que eles fizeram. A srta. Meredith deixou o lugar só uma vez, eu acho. Deu a volta na mesa para espiar as cartas do parceiro dela.

– Mas ela permaneceu junto à mesa de bridge?

– Não tenho como afirmar isso. Pode ter se afastado.

Battle assentiu com a cabeça.

– É tudo muito vago – resmungou entredentes.

– Sinto muito.

Outra vez Battle fez seu truque de prestidigitação e mostrou o comprido e gracioso punhal.

– Quer dar uma olhada nisso, sra. Lorrimer?

A sra. Lorrimer segurou o objeto sem demonstrar emoção.

– Já viu isso antes?

– Nunca.

– Mas decorava uma das mesinhas na sala de visitas.

– Não notei.

– Sra. Lorrimer, talvez perceba que, com uma arma deste tipo, mulheres poderiam cometer o crime tão facilmente quanto homens.

– Imagino que sim – concordou a sra. Lorrimer, tranquila.

Inclinou-se à frente e devolveu o delicado estilete.

– Mas apesar disso – emendou o superintendente Battle – a mulher devia estar muito desesperada. A manobra tinha poucas chances de sucesso.

Aguardou um instante, mas a sra. Lorrimer nada falou.

– Sabe algo da amizade entre os outros três e o sr. Shaitana?

Ela sacudiu a cabeça.

– Absolutamente nada.

– Gostaria de opinar sobre quem considera a pessoa mais provável?

A sra. Lorrimer empertigou-se.

– Prefiro não me pronunciar sobre isso. Considero essa pergunta bastante inadequada.

O superintendente ficou sem jeito; parecia um menino repreendido pela avó.

– Endereço, por favor – tartamudeou, sacando o bloquinho.

– Cheyne Lane, 111, Chelsea.

– Telefone?

– Chelsea 45632.

A sra. Lorrimer pôs-se em pé.

– Gostaria de perguntar algo, monsieur Poirot? – apressou-se a dizer Battle.

A sra. Lorrimer entreparou, a cabeça meio inclinada.

– Seria uma pergunta *adequada*, madame, ouvir sua opinião sobre os parceiros de jogo não como assassinos potenciais mas como jogadores de bridge?

A sra. Lorrimer retrucou secamente:

– Não me oponho a responder isso... se for pertinente ao assunto de alguma forma, ainda que eu não consiga ver como.

– Eu mesmo vou julgar isso. Por gentileza, madame, sua resposta.

Na entonação de um adulto paciente que faz a vontade de uma criança birrenta, a sra. Lorrimer retorquiu:

– O major Despard é um bom jogador de estilo consistente. O dr. Roberts exagera no leilão, mas carteia com brilhantismo. A srta. Meredith é uma jogadorazinha correta, mas meio cautelosa. Algo mais?

Também fazendo seu passe de mágica, Poirot revelou quatro fichas de pontuação de bridge um pouco amassadas.

– Alguma destas anotações é sua, madame?

Ela as examinou.

– Esta é a minha letra. É a pontuação do terceiro *rubber.*

– E esta aqui?

– Deve ser do major Despard. Ele vai riscando os pontos durante o jogo.

– E esta outra?

– Da srta. Meredith. O primeiro *rubber.*

– Então esta inacabada é do dr. Roberts?

– Sim.

– Obrigada, madame, acho que isso é tudo.

A sra. Lorrimer dirigiu-se à sra. Oliver.

– Boa noite, sra. Oliver. Boa noite, coronel Race.

Em seguida, depois de apertar a mão dos quatro, ela se retirou.

Capítulo 6

Terceiro assassino?

– Dela não consegui arrancar nada – comentou Battle. – E também me deixou com o rabo entre as pernas. Faz o tipo antiquado, cheia de consideração pelos outros, mas arrogante como só ela! Não acredito que tenha sido ela, mas não ponho a mão no fogo! É muito decidida. Por que a pergunta sobre as pontuações de bridge, monsieur Poirot?

Poirot as espalhou na mesa.

– Esclarecedoras, não? O que queremos neste caso? Pistas sobre a personalidade. E pistas não sobre uma só personalidade, mas sobre quatro personalidades. E é justo aqui o lugar mais provável de encontrarmos pistas: nestes números rabiscados. Aqui temos o primeiro *rubber*, vejam: jogo manso, logo encerrado. Algarismos miúdos e bem-organizados... soma e subtração cuidadosas... é a anotação da srta. Meredith. Jogava com a sra. Lorrimer. Receberam boas cartas e venceram.

"Com base no escore seguinte, não é assim tão fácil acompanhar a partida, pois a anotação é no estilo riscado. Mas nos revela, talvez, algo sobre o major Despard: é um sujeito que gosta a toda hora de saber a sua posição num relance de olhos. Os números são pequenos e cheios de personalidade.

"Em seguida, temos a anotação da sra. Lorrimer... ela e o dr. Roberts contra os outros dois... combate homérico... uma pilha de números nos dois lados. Interferência inconsistente da parte do doutor, e a dupla não cumpre o contrato; mas, como os dois são jogadores de primeira classe, nunca erram por muito. Se o blefe do doutor induzir declarações afoitas da outra dupla, existe chance latente de dobre. Observem... estes números aqui são vazas com dobre descumpridas. Letra densa, bonita, muito legível e firme.

"Por fim, a última pontuação: o *rubber* inacabado. Percebem? Reuni um escore na letra de cada um. Números vistosos. Pontuação menor que a do *rubber* anterior. A explicação? Talvez porque o doutor jogava com a srta. Meredith, e ela é uma jogadora meio cautelosa. E a mania de Roberts blefar no leilão a deixaria mais cautelosa ainda!

"Consideram, talvez, tolas as perguntas que fiz? Mas explico. Quero desvelar o caráter desses quatro jogadores. E quando a pergunta envolve apenas bridge, todos estão prontos e dispostos a falar."

– Jamais considero tolas as suas perguntas, monsieur Poirot – assegurou Battle. – Conheço bem suas proezas. Cada um tem lá seus métodos de trabalho. Sei disso. Sempre dou carta branca a meus inspetores. Cada um tem que descobrir qual método se adapta melhor a seu estilo. Mas não vamos discutir isso agora. Vamos chamar a moça.

Perturbada, Anne Meredith estacou na soleira da porta, a respiração ofegante.

Sem pestanejar, o superintendente Battle assumiu um ar paternal. Levantou-se e posicionou uma cadeira para ela num ângulo um pouco distinto.

– Sente-se, srta. Meredith, sente-se. Não precisa ficar alarmada. Sei que tudo isso parece terrível, mas não é tão ruim assim.

– Não creio que possa existir situação pior – respondeu a moça em voz baixa. – É tão horrível... *tão* horrível... pensar que *um* de nós... que um de *nós*...

Nós	Eles
(SRA. LORRIMER & SRTA. MEREDITH)	(MAJOR DESPARD & DR. ROBERTS)
700 300 50 50 30	
HONRAS	
VAZAS	
120	
120	
1370	
1º	RUBBER
PONTUAÇÃO ANOTADA	PELA SRTA. MEREDITH

Nós	Eles
(MAJOR DESPARD & SRA. LORRIMER)	(DR. ROBERTS & SRTA. MEREDITH)
(11) 1060 ~~450~~ ~~410~~ ~~440~~ ~~540~~ ~~440~~ ~~560~~ ~~500~~ ~~50~~	
HONRAS	
VAZAS	
~~60~~	~~120~~
~~100~~	
70	30
80	
2º	RUBBER
PONTUAÇÃO ANOTADA	PELO MAJOR DESPARD

Nós	Eles
(DR. ROBERTS & SRA. LORRIMER)	(MAJOR DESPARD & SRTA. MEREDITH)
500	
1500	200
100	100
100	200
300	100
500	100
200	50
200	50
30	50
HONRAS	
VAZAS	
	30
	120
100	
280	
3810	1000
	(28)
3º	RUBBER
PONTUAÇÃO ANOTADA	PELA SRA. LORRINER

Nós	Eles
(DR. ROBERTS & SRTA. MEREDITH)	(MAJOR DESPARD & SRA. LORRIMER)
50	
100	
100	100
50	50
200	100
50	50
50	
HONRAS	
VAZAS	
30	70
4º	RUBBER
(INACABADO)	
PONTUAÇÃO ANOTADA	PELO DR ROBERTS

– Deixe comigo a tarefa de pensar – apaziguou Battle. – Muito bem, srta. Meredith, para começo de conversa, poderia me informar seu endereço?

– Wendon Cottage, Wallingford.

– Nenhum endereço na capital?

– Não, estou hospedada em meu clube por alguns dias.

– E seu clube é...?

– O Naval e Militar para senhoras.

– Ótimo. Então me diga, srta. Meredith, conhecia bem o sr. Shaitana?

– Praticamente não o conhecia. Sempre me deu a impressão de ser um homem assustador.

– Por quê?

– Ah... porque ele *era*! Aquele sorriso medonho! E o jeito com que costumava se curvar por cima da gente. Como se estivesse prestes a nos morder.

– Conhecia-o há muito tempo?

– Uns nove meses. Conheci-o na Suíça, durante a temporada de esportes de inverno.

– Jamais me ocorreria pensar nele praticando esqui na neve – comentou Battle surpreso.

– Ele só patinava. Exímio patinador, aliás. Belo repertório de giros e piruetas.

– Sim, esse é mais seu estilo. E a senhorita se encontrou com ele em muitas ocasiões depois disso?

– Bem... várias vezes. Ele me convidava para festinhas e coisas assim. E bem divertidas, até.

– Mas não gostava muito dele?

– Não, ele me dava calafrios.

Battle observou amável:

– Mas não tinha um motivo especial para ter medo dele?

Anne Meredith ergueu um olhar límpido e arregalado até encontrar o dele.

– Especial? Ah, não.

– Certo. Agora, sobre hoje à noite. Chegou a abandonar o seu lugar à mesa?

– Acho que não. Ah, sim, me levantei uma vez. Dei uma volta na mesa para espiar as cartas dos outros.

– Mas permaneceu em volta da mesa de bridge o tempo todo?

– Sim.

– Tem certeza absoluta, srta. Meredith?

Logo as faces da moça queimaram.

– Não... quero dizer, acho que andei pela sala.

– Certo. Vai me desculpar, srta. Meredith, mas tente se lembrar da verdade. Sei que está nervosa, e quando estamos nervosos tendemos a... bem, a dizer o que gostaríamos que tivesse acontecido em vez do que aconteceu. Mas no fim das contas isso acaba não valendo a pena. A senhorita perambulou pela sala. Caminhou na direção do sr. Shaitana?

A moça ficou calada por um minuto e disse:

– Sinceramente... *sinceramente*... eu não me lembro.

– Bem, vamos registrar que a senhorita talvez tenha se aproximado dele. Sabe alguma coisa sobre os outros três?

A moça sacudiu a cabeça.

– Nunca os tinha visto antes.

– O que pensa deles? Algum provável assassino entre os três?

– Não consigo acreditar. Simplesmente não consigo acreditar. Não pode ser o major Despard. E não acredito que possa ser o doutor... Afinal de contas, há maneiras bem mais simples para um médico matar alguém. Uma droga... algo desse tipo.

– Então, se fosse para escolher alguém, a senhorita diria que é a sra. Lorrimer.

– Não, eu *não* diria isso. Tenho certeza de que ela não seria capaz de fazer uma coisa dessas. É uma pessoa tão encantadora... e uma parceira de bridge tão meiga. É excelente jogadora, mas nem por isso deixa a gente nervosa ou fica cobrando nossos erros.

– Mas deixou o nome dela por último – constatou Battle.

– Só porque apunhalar parece mais coisa de mulher.

Battle fez seu passe de mágica. Anne Meredith se encolheu na cadeira.

– Ai, que coisa mais horrível. Tenho que... pegá-lo?

– Prefiro que o faça.

Battle a observou pegando o punhal com cautela e contraindo os músculos do rosto com repulsa.

– Com este pequenino objeto... com este...

– Penetra a carne como se ela fosse manteiga – completou Battle com satisfação. – Uma criança poderia ter cometido o crime.

– Quer dizer... quer dizer – olhos arregalados de terror fitaram o rosto dele – que *eu* poderia ter cometido o crime? Mas não cometi. Por que motivo eu cometeria?

– É justamente essa a pergunta que gostaríamos de responder – aproveitou a deixa Battle. – Por que motivo? Por que alguém quis matar Shaitana? Era um indivíduo folclórico, mas não perigoso, até onde consigo entender.

Teria havido um leve sustar na respiração da moça e um súbito arfar de seu peito?

– Seria ele um chantagista, por exemplo, ou algo nessa linha? – prosseguiu Battle. – Mas, de qualquer modo, a senhorita não parece o tipo de moça que esconde segredos culpados.

Pela primeira vez a srta. Meredith abriu um sorriso, tranquilizada pela cordialidade do interrogador.

– Não, na verdade não tenho. Não tenho segredo nenhum.

– Se é assim, não se preocupe, srta. Meredith. Vamos

ter que procurá-la e fazer novas perguntas, imagino eu, mas só por questão de rotina.

Ele se levantou.

– Agora a senhorita pode ir. Meu guarda vai lhe chamar um táxi. Não deixe a preocupação lhe causar insônia. Tome umas aspirinas.

Solícito, Battle acompanhou-a até o hall. Ao retornar, ouviu o seguinte comentário na voz baixa e bem-humorada do coronel Race:

– Battle, que mentiroso consumado você é! Seu ar paternal foi imbatível.

– Não vale a pena perder tempo com ela, coronel Race. Das duas, uma: ou a pobrezinha está apavorada, e nesse caso seria crueldade, e não sou nem nunca fui cruel, ou ela é uma atriz soberba, e não chegaríamos a lugar nenhum mesmo se a retivéssemos aqui metade da noite.

A sra. Oliver soltou um suspiro e correu as mãos livremente pela franja até ela ficar toda desgrenhada, conferindo-lhe a aparência completa de uma bêbada.

– Sabe – começou –, agora acredito que ela é a culpada! Sorte que não estamos num livro. O público não gosta nada quando o culpado é a mocinha linda. De qualquer modo, acho que foi ela. Qual é a *sua* opinião, monsieur Poirot?

– Eu? Eu acabo de fazer uma descoberta.

– De novo nas pontuações do bridge?

– Sim. A srta. Anne Meredith desenha linhas divisórias, transfere a pontuação e utiliza o verso.

– E o que isso significa?

– Que ela tem o hábito da escassez ou a tendência natural de ser econômica.

– A roupa dela de econômica não tem nada – disparou a sra. Oliver.

– Mande entrar o major Despard – solicitou o superintendente Battle.

Capítulo 7

Quarto assassino?

Despard entrou no recinto com passos enérgicos e rápidos – passos que fizeram Poirot lembrar de algo ou alguém.

– Sinto fazê-lo esperar todo esse tempo, major Despard – desculpou-se Battle. – Mas eu queria liberar as damas o mais cedo possível.

– Não se incomode. Eu entendo.

Sentou-se e lançou ao superintendente um olhar indagador.

– Conhecia bem o sr. Shaitana? – iniciou Battle.

– Encontrei-me com ele duas vezes – respondeu Despard, sucinto.

– Só duas vezes?

– Não mais.

– Em que ocasiões?

– Fomos apresentados cerca de um mês atrás, num jantar na casa de um amigo em comum. Então ele me convidou para um coquetel uma semana depois.

– Um coquetel aqui?

– Sim.

– Em que ambiente aconteceu a festa... aqui nesta sala ou na sala de visitas?

– Em todos os ambientes.

– Viu este objeto por aí?

Battle outra vez apresentou o *stiletto*.

Os lábios do major Despard se estorceram de leve.

– Não – respondeu o major. – Naquele dia não prestei atenção nele para uso futuro.

– Não precisa adivinhar o que vou dizer, major Despard.

– Vai me desculpar. A inferência era óbvia demais.

Seguiu-se uma pausa, após a qual Battle retomou o interrogatório.

– Tinha algum motivo para antipatizar com o sr. Shaitana?

– Todos os motivos.

– Verdade? – indagou o superintendente aturdido.

– Para antipatizar com ele... não para matá-lo – esclareceu Despard. – Não tinha o mínimo desejo de matá-lo, mas gostaria imensamente de lhe dar um chute no traseiro. Pena. Agora é tarde.

– Por que desejava lhe acertar um chute no traseiro, major Despard?

– Porque ele era o tipo do sujeitinho trigueiro que pede para levar um chute. Eu chegava a sentir coceira na ponta da minha bota.

– Sabe algo sobre ele... algo que desabonasse sua conduta, quero dizer?

– Vestia roupas chiques demais... usava o cabelo comprido demais... e cheirava a perfume.

– Entretanto, aceitou o convite para jantar na casa dele – salientou Battle.

– Se eu só jantasse na casa de anfitriões que aprovo sem restrições, meu caro superintendente Battle, eu não jantaria fora muitas vezes – rebateu Despard em tom mordaz.

– Gosta do convívio social, mas não aprova a sociedade? – sugeriu o outro.

– Gosto por períodos muito breves. Sempre é bom voltar direto das savanas para salas iluminadas, mulheres em vestidos bonitos, danças, boa comida e gargalhadas...

mas só por certo tempo. Então a falsidade de tudo isso me enoja e sinto vontade de escapar de novo.

– Deve levar um estilo de vida perigoso, major Despard, se embrenhando nesses lugares inóspitos.

Despard deu de ombros e abriu um leve sorriso.

– O estilo de vida do sr. Shaitana não era perigoso... mas ele está morto, e eu, vivo!

– Ele pode ter levado uma vida mais perigosa do que o senhor imagina – ponderou Battle de modo significativo.

– Como assim?

– O falecido sr. Shaitana era meio intrometido – revelou Battle.

O outro inclinou o corpo à frente.

– Está insinuando que ele bisbilhotava a vida alheia e descobriu algo? O quê?

– Na verdade eu quis dizer que talvez ele fosse o tipo de homem que se imiscuía... ãhn... com as mulheres.

O major Despard recostou-se na cadeira e desatou a rir. Um riso divertido, mas indiferente.

– Não acredito que as mulheres levassem a sério um charlatão daqueles.

– Qual sua teoria sobre quem o matou, major Despard?

– Bem, sei que eu não fui. A pequenina srta. Meredith também não. Não consigo imaginar a sra. Lorrimer fazendo isso... ela me lembra uma de minhas tias mais carolas. Sobra o nosso cavalheiro médico.

– Pode descrever os seus movimentos e os dos outros na noite de hoje?

– Levantei-me duas vezes: uma para pegar um cinzeiro, quando aproveitei para atiçar o fogo, e a outra para pegar uma bebida...

– Em que horários?

– Não saberia dizer. A primeira vez deve ter sido por volta das dez e meia, a segunda vez pelas onze, mas isso é puro palpite. A sra. Lorrimer foi uma vez à lareira e disse algo para Shaitana. Não cheguei mesmo a escutar a resposta dele, mas naquela hora eu não estava prestando atenção. Não poderia jurar que ele não respondeu. A srta. Meredith vagueou pela sala um pouco, mas não creio que tenha se aproximado da lareira. Roberts estava a toda hora num senta e levanta... Três ou quatro vezes no mínimo.

– Vou lhe fazer a pergunta do monsieur Poirot – sorriu Battle. – O que pensa deles como jogadores de bridge?

– A srta. Meredith é uma jogadora eficiente. Roberts supervaloriza a mão de modo infame. Merecia se dar pior no jogo do que na prática acontece. A sra. Lorrimer é craque.

Battle virou-se a Poirot.

– Algo mais, monsieur Poirot?

Poirot balançou a cabeça.

Despard forneceu o Albany como endereço, desejou-lhes boa noite e retirou-se da sala.

Quando Despard fechou a porta atrás de si, Poirot fez um leve movimento.

– O que foi? – quis saber Battle.

– Nada – disse Poirot. – Só me ocorreu que ele tem o andar de um tigre... Sim, isto mesmo: o andar flexível e fluido de um tigre.

– Hum... – murmurou Battle. – Muito bem – disse ele, correndo o olhar pelos três acompanhantes. – *Qual deles é o assassino*?

Capítulo 8

Qual deles?

Um por um, Battle correu o olhar pelos três rostos. Só uma pessoa respondeu. A sra. Oliver, que jamais relutava em expor suas opiniões, apressou-se em dizer:

– A mocinha ou o médico.

Battle mirou os outros dois com olhar indagador. Mas os dois não pareciam dispostos a se manifestar. Race meneou a cabeça. Poirot desamassou com cuidado as fichas de pontuação de bridge.

– Um deles é o assassino – cismou Battle. – Um deles mente pelos cotovelos. Mas qual? Não é fácil... Não é nada fácil.

Calou-se por breves instantes até continuar:

– Levando em conta o que eles *dizem*, o médico acha que foi Despard, Despard acha que foi o médico, a moça acha que foi a sra. Lorrimer... e a sra. Lorrimer prefere não acusar ninguém! Nada muito esclarecedor.

– Talvez não – disse Poirot.

Battle relanceou o olhar na direção dele.

– Percebeu algo?

Poirot abanou a mão num gesto afetado.

– *Nuances*... nada mais! Nada que sirva de ponto de partida.

Battle prosseguiu:

– Vocês dois não querem dizer o que pensam...

– Não há provas – resumiu Race, conciso.

– Humpf! Vocês, *homens*! – suspirou a sra. Oliver, menosprezando tamanha reticência.

– Que tal apenas analisar as possibilidades? – sugeriu Battle. Meditou por alguns instantes. – O doutor vem em primeiro lugar, acho. Tipo do sujeito que parece, mas não é. Saberia o lugar exato onde cravar o punhal. Mas não há muito mais do que isso. Em seguida vem Despard. Eis um homem a quem não falta coragem para nada. Acostumado a tomar decisões rápidas e a se sentir à vontade em situações perigosas. Sra. Lorrimer? Também não lhe falta coragem. O tipo de mulher que pode esconder um segredo na vida. Aparenta já ter escapado de alguma enrascada. Por outro lado, eu diria que se trata de uma senhora com elevados preceitos morais... Faz o tipo que pode ser diretora de escola para moças. É difícil enxergá-la enfiando uma lâmina em alguém. Na verdade, acho que não foi ela. E, por último, a pequenina srta. Meredith. Nada sabemos dela. Parece só mais uma dessas moças bonitas e tímidas tão comuns por aí. Mas, como eu já falei, ninguém sabe nada sobre ela.

– Sabemos que Shaitana acreditava que ela já cometeu assassinato – lembrou Poirot.

– O demônio por trás da máscara angelical – cismou a sra. Oliver.

– E isso por acaso nos leva a algum lugar, Battle? – indagou o coronel Race.

– Meras especulações inúteis... A seu ver é isso que estamos fazendo? Bem, num caso desses é normal se especular.

– Não seria melhor descobrir algo sobre essas pessoas?

Battle sorriu.

– Ah, sim. Vamos nos dedicar com afinco a essa tarefa. Acho que pode nos ajudar.

– Se estiver a meu alcance. De que modo?

– Investigando o major Despard. Ele viaja muito ao exterior. Já andou por América do Sul, África Oriental e África do Sul. O senhor tem conexões nesses locais. Poderia obter informações sobre ele.

Race anuiu com a cabeça.

– Pode deixar comigo. Vou conseguir todos os dados disponíveis.

– Olhem só! – exclamou a sra. Oliver. – Tenho um plano. Somos quatro, quatro detetives, por assim dizer, e *eles* são quatro! Que tal se cada um de nós investigasse um deles, seguindo a própria intuição? O coronel Race investiga o major Despard, o superintendente Battle pesquisa o dr. Roberts, eu estudo Anne Meredith, e o monsieur Poirot, a sra. Lorrimer. Cada um segue seus métodos!

O superintendente Battle balançou a cabeça em tom decidido.

– Impossível, sra. Oliver. É um caso oficial, você sabe. Sou o encarregado. Tenho que investigar *todas* as alternativas. Além do mais, é fácil falar em seguir a intuição. Mas dois de nós podem ter a mesma intuição e apostar no mesmo cavalo! O coronel Race nem disse se suspeita mesmo do major Despard. E o monsieur Poirot talvez não aposte um níquel na sra. Lorrimer.

A sra. Oliver suspirou.

– Era um plano tão bom – suspirou entristecida. – Tão *perfeito*. – Então se animou um bocadinho. – Mas não se importa se eu fizer umas investigaçõezinhas por minha conta, se importa?

– Claro que não – respondeu o superintendente Battle sem pressa. – Não posso me opor a isso. Na verdade, não é da minha alçada me opor. Como participantes do jantar desta noite, todos aqui naturalmente são livres para fazer qualquer coisa de acordo com seus interesses e suas curiosidades pessoais. Mas quero frisar uma coisa, sra. Oliver: é necessário ter um pouco de cautela.

– Minha boca é um túmulo – garantiu a sra. Oliver. – Não vou contar nada para ninguém... nada... – terminou a frase em tom não muito convincente.

– Acho que não foi bem isso que o superintendente Battle quis dizer – atalhou Hercule Poirot. – Ele quis dizer que a senhora vai lidar com alguém que, até onde sabemos, já matou duas vezes. Alguém, portanto, que não hesitaria em matar uma terceira vez... se achasse necessário.

A sra. Oliver fitou-o pensativa. Em seguida sorriu – um sorriso agradável e cativante, que lembrava o de uma menininha marota.

– DEPOIS NÃO DIGA QUE EU NÃO AVISEI – citou. – Obrigada, monsieur Poirot. Vou cuidar onde piso. Mas não vou ficar fora disso.

Poirot curvou-se com leveza.

– Permita-me observar: a madame é uma boa pessoa.

– Presumo – declarou a sra. Oliver sentando-se ereta e assumindo um ar metódico e empresarial – que todas as informações que obtivermos devam ser compartilhadas... Ou seja, não vamos esconder nenhuma descoberta dos outros. Mas, claro, nossos próprios palpites e deduções podem ser guardadas como ases na manga.

O superintendente Battle suspirou.

– Não estamos numa história de detetive, sra. Oliver – disse ele.

Race completou:

– É lógico que todas as informações devem ser entregues à polícia.

Tendo pronunciado isso em sua voz estilo "Ordem no recinto", acrescentou com um tênue brilho de divertimento no olhar:

– Tenho certeza de que a senhora vai jogar limpo, sra. Oliver... A luva manchada, a impressão digital no copo da dentadura, o fragmento de papel queimado... a senhora vai entregá-los ao Battle aqui.

– Pode caçoar – disse a sra. Oliver. – Mas a intuição feminina...

E balançou a cabeça incisivamente.

Race levantou-se.

– Vou investigar Despard para o senhor. Talvez leve um tempo. Algo mais que esteja a meu alcance?

– Acho que não, obrigado. Não tem alguma dica? Eu apreciaria qualquer coisa nesse sentido.

– Hum... Bem... eu daria atenção especial a tiros, venenos e acidentes, mas acredito que você já deve ter pensado nisso.

– Vou me lembrar da dica.

– Certo, Battle. Quem sou eu para ensinar o padre a rezar a missa? Boa noite, sra. Oliver. Boa noite, monsieur Poirot.

E com um derradeiro aceno de cabeça a Battle, o coronel Race saiu da sala.

– Quem é ele? – indagou a sra. Oliver.

– Bons serviços prestados ao Exército – informou Battle. – Viaja muito, também. Já andou por quase todos os cantos do mundo.

– Serviço secreto, imagino – arriscou a sra. Oliver. – O senhor não pode me dizer, sei disso... Mas caso contrário ele não teria sido convidado esta noite. Quatro assassinos e quatro investigadores. Scotland Yard. Serviço secreto. Detetive particular. Ficção. Ideia engenhosa.

Poirot meneou a cabeça.

– Engana-se, madame. Foi uma ideia *estúpida*. O tigre se assustou... e deu o bote.

– O tigre? Como assim?

– Por tigre eu me refiro ao assassino – explicou Poirot.

Battle disse de súbito:

– Qual é a *sua* ideia sobre a linha certa a seguir, monsieur Poirot? Essa é uma primeira pergunta. E eu também gostaria de saber o que o senhor pensa sobre a psicologia dessas quatro pessoas. Pelo jeito está bem preocupado com esse detalhe.

Ainda desamassando as fichas de pontuação de bridge, Poirot ponderou:

– Tem razão: a psicologia é muito relevante. Sabemos o *tipo* de assassinato cometido e o *modo* pelo qual foi cometido. Se identificarmos uma pessoa que do ponto de vista psicológico não possa ter cometido esse tipo específico de assassinato, então podemos descartar essa pessoa de nossas conjecturas. Sabemos *algo* sobre essas pessoas. Temos nossas próprias impressões sobre elas, sabemos a estratégia que cada uma decidiu adotar e sabemos algo sobre suas mentes e personalidades, com base nas opiniões sobre eles como jogadores de bridge e com base no estudo da sua caligrafia e do seu estilo de fazer anotações. Mas, puxa vida! Não é assim tão fácil emitir uma opinião definitiva. Este assassinato exigiu audácia e coragem... Alguém disposto a correr riscos. Bem, temos o dr. Roberts... Um blefador com a tendência de supervalorizar a mão no bridge... Um sujeito com plena confiança na própria capacidade de levar a cabo missões arriscadas. A psicologia dele se encaixa muito bem com o crime. Alguém poderia dizer, então, que isso automaticamente elimina a srta. Meredith. Tímida, receosa de declarar lances altos no leilão do bridge, cuidadosa, econômica, prudente e sem muita autoconfiança. O último tipo de pessoa a perpetrar um golpe audaz e arriscado. Mas pessoas tímidas matam se estiverem com medo. Uma pessoa nervosa, quando assustada, pode entrar em desespero e se comportar como um rato acuado num canto. Se a srta. Meredith tivesse cometido um crime no passado e acreditasse que o sr. Shaitana sabia das circunstâncias desse crime e estava prestes a entregá-la à justiça, entraria em pânico... seria capaz de qualquer coisa para livrar a pele. Em outras palavras, o resultado seria igual, embora motivado por uma reação diferente: não ousadia e coragem, mas pânico desesperado. Então analisem o major Despard: frio, expedito, disposto a desafiar a lógica se achasse necessário. Pesaria prós e contras e talvez decidisse que havia uma chance a seu favor... O tipo do sujeito que prefere ação à inação, que nunca hesita em adotar uma estratégia perigosa se acredita haver razoável chance de sucesso. Por fim, temos a sra. Lorrimer, sexagenária, mas com plena agilidade e perspicácia mentais. Mulher de sangue-frio e cérebro matemático. Talvez o melhor cérebro dos quatro. Confesso que, se a sra. Lorrimer cometesse um crime, esperaria que fosse *premeditado*. Posso imaginá-la planejando um crime lenta e cuidadosamente, assegurando-se de não haver falhas no plano. Por isso, ela me parece menos provável do que os outros três. No entanto, ela tem a personalidade mais dominante, e seja lá o que decidisse realizar provavelmente executaria de modo impecável. Dama de plena eficácia.

Fez uma pausa:

– Como podem ver, isso não nos ajuda muito. Não: só existe um jeito de resolver esse crime. Temos que mergulhar no passado.

Battle suspirou.

– Faço minhas as suas palavras – murmurou.

– Na opinião do sr. Shaitana, todas essas quatro pessoas já tinham cometido assassinato. Será que ele tinha provas? Ou era só palpite? Não podemos afirmar. Não acho provável que ele tivesse provas reais em todos os quatro casos...

– Concordo nesse detalhe – assentiu Battle. – Isso seria coincidência demais.

– Sugiro que possa ter acontecido assim: um assassinato ou crime é mencionado, e o sr. Shaitana surpreende uma expressão estranha no rosto de alguém. Rápido e sensitivo na leitura das expressões faciais, diverte-se fazendo experiências, sondando sorrateiro no decorrer de conversas aparentemente sem objetivo... Mantém-se alerta a qualquer tremor, relutância ou desejo de trocar de assunto. Não tem nada mais fácil que suspeitar de um segredo e confirmar essa suspeita. É fácil notar cada vez que uma palavra acerta em cheio... *se estivermos atentos a isso.*

– É o tipo de jogo que teria divertido nosso falecido amigo – concordou Battle com um aceno de cabeça.

– Podemos supor, então, que tenha sido esse o procedimento em um ou mais casos. Ele pode ter se deparado com algum indício verdadeiro e descoberto mais coisas. Duvido que, em qualquer um dos casos, ele tivesse conhecimento real e suficiente para, por exemplo, levar o caso à polícia.

– Ou talvez não fosse bem isso – ponderou Battle. – Muitas vezes há mortes suspeitas... A polícia desconfia de crime, mas nunca consegue provar nada. De qualquer modo, o caminho é claro. Temos que rastrear o passado dessas pessoas... Checar toda e qualquer morte que possa ser significativa. Imagino que tenham percebido, a exemplo do coronel, o que Shaitana disse no jantar.

– O anjo negro – murmurou a sra. Oliver.

– Referências passageiras e inocentes sobre venenos, oportunidades de um médico, acidentes domésticos e acidentes de tiro. Não me surpreenderia que, ao pronunciar aquelas palavras, ele tenha assinado sua sentença de morte.

– Foi um silêncio meio desagradável – lembrou a sra. Oliver.

– Sim – concordou Poirot. – Aquelas palavras acertaram em cheio uma pessoa, que acusou o golpe... Provavelmente achou que Shaitana sabia bem mais do que na verdade sabia. Esse ouvinte achou que essas palavras prenunciavam o fim... que o jantar era um entretenimento dramático planejado por Shaitana, cujo clímax seria uma prisão por assassinato! Sim, como o senhor disse, ele assinou sua sentença de morte ao provocar os convidados com aquelas palavras.

Seguiu-se uma breve pausa.

– Esse negócio vai ser demorado – suspirou Battle. – Não vamos conseguir descobrir tudo o que desejamos de uma hora para outra... Temos que ter cuidado. Não queremos que nenhum dos quatro suspeite do que estamos fazendo. Todas as perguntas e investigações têm que parecer se relacionar apenas com *este* assassinato. Não devemos deixar transparecer que suspeitamos do motivo para o crime. E o pior de tudo é que precisamos verificar não só um, mas quatro possíveis assassinatos no passado.

Poirot objetou:

– Nosso amigo, o sr. Shaitana, não era infalível... Aliás, é bem possível que tenha se enganado.

– Com todos os quatro?

– Não... ele era mais esperto do que isso.

– Meio a meio?

– Nem tanto. Para mim, eu diria um em quatro.

– Um inocente e três culpados? Já é ruim o suficiente. E o inferno disso é que, mesmo se descobrirmos a verdade, talvez ela não nos ajude. Mesmo se alguém realmente empurrou a tia-avó escada abaixo em 1912, isso não vai nos ter muita serventia em 1937.

– Terá serventia, sim – encorajou Poirot. – Sabe disso tão bem quanto eu.

Battle assentiu com um aceno de cabeça.

– Sei o que quer dizer – ponderou. – A mesma marca registrada.

– Quer dizer – indagou a sra. Oliver – que a antiga vítima também terá sido apunhalada?

– Não algo assim tão óbvio, sra. Oliver – retorquiu Battle virando-se para ela. – Mas não tenho dúvidas de que vai ser em essência o mesmo *tipo* de crime. Os *detalhes* podem ser diferentes, mas os princípios vão ser os mesmos. É estranho, mas os criminosos vivem se entregando assim.

– O homem é um animal sem originalidade – sentenciou Hercule Poirot.

– As mulheres – retrucou a sra. Oliver – são capazes de variação infinita. Eu jamais cometeria o mesmo tipo de crime por duas vezes seguidas.

– Nunca escreve o mesmo tipo de trama por duas vezes seguidas? – quis saber Battle.

– *O assassinato Lótus* – murmurou Poirot. – *A pista da vela de cera.*

A sra. Oliver virou-se para ele, o olhar faiscando de admiração.

– Muito perspicaz de sua parte... muito perspicaz mesmo. Tem razão: esses dois livros têm exatamente a mesma trama... Mas ninguém além do senhor percebeu. Um envolve o roubo de documentos do ministério numa festa informal de fim de semana; o outro é sobre um assassinato em Bornéu, no bangalô de um plantador de seringueira.

– Mas o ponto essencial da reviravolta no enredo é o mesmo – observou Poirot. – Um de seus truques mais bem bolados. O dono do seringal forja o próprio assassinato... e o ministro forja o roubo dos próprios papéis. No apagar das luzes, a terceira pessoa aparece e transforma o logro em realidade.

– Gostei do seu último livro, sra. Oliver – elogiou o superintendente Battle em tom amável –, em que todos os chefes de polícia são baleados no mesmo instante. Só notei uns deslizes nos detalhes oficiais. Sei que a senhora se preocupa muito com a exatidão, por isso me pergunto se...

A sra. Oliver o interrompeu.

– Para falar a verdade, não ligo a mínima para a exatidão. Quem é exato hoje em dia? Ninguém. Se um repórter escreve que uma linda moça de 22 anos suicidou-se acendendo o gás depois de admirar o oceano pela janela e dar um beijo de adeus em Bob, seu labrador de estimação, alguém faria um escândalo porque a moça tinha 26 anos, o quarto dava para as montanhas e o cachorro era uma cadela *terrier sealyham* chamada Bonnie? Se um jornalista pode fazer esse tipo de coisa, não vejo que problema existe em confundir postos da hierarquia policial, mencionar revólver quando quero dizer pistola automática ou ditafone quando quero dizer gramofone e usar um veneno que só permite a vítima moribunda ofegar uma frase e nada mais. O que importa mesmo é um bom número de *cadáveres*! Se a coisa está ficando meio chata, um pouco mais de sangue anima tudo. Alguém vai revelar algo... Mas antes é assassinado. Isso sempre funciona. Utilizo esse artifício em todos os meus livros... Camuflado em roupagens diferentes, é claro. E as pessoas *gostam* de venenos que não deixam vestígios, de inspetores idiotas, de moças amarradas em porões com um tubo despejando gás ou água, na verdade, um jeito tão complicado de matar alguém, e de heróis capazes de aniquilar sozinhos de três a sete bandidos. Até hoje escrevi 32 livros... E claro que no fundo são todos iguaizinhos, como o monsieur Poirot parece ter notado, e ninguém mais notou. Só me arrependo de uma coisa: ter criado um detetive finlandês. Não entendo bulhufas dos costumes finlandeses! Sempre recebo cartas da Finlândia apontando algo impossível que ele disse ou fez. Pelo jeito na Finlândia lê-se muita literatura policial. Deve ser culpa dos longos invernos sem ver a luz do sol. Na Bulgária e na Romênia parece que ninguém lê nada. Seria melhor ter criado um detetive nascido na Bulgária.

Ela se calou.

– Sinto muito. Empolguei-me falando do meu metiê. E este é um assassinato real. – Seu rosto iluminou-se. – Seria interessante se nenhum deles o tivesse matado. Se ele tivesse convidado todo mundo e então silenciosamente cometido suicídio só pela diversão de causar um alvoroço.

Poirot acenou a cabeça de modo aprovador.

– Solução admirável. Tão eficaz e irônica. Mas, para nossa tristeza, o sr. Shaitana não era esse tipo de homem. Gostava de desfrutar a vida.

– Não creio que ele fosse realmente um bom homem – disse a sra. Oliver devagar.

– Não, ele não era bom – concordou Poirot. – Mas estava vivo... e agora está morto. E, como tive ocasião de dizer a ele uma vez, eu tenho uma atitude burguesa em relação a assassinatos: eu os desaprovo.

E acrescentou com brandura:

– Sendo assim... estou pronto para entrar na jaula do tigre...

Capítulo 9

Dr. Roberts

– Bom dia, superintendente Battle.

O dr. Roberts levantou-se da cadeira e estendeu a enorme mão rosada cheirando a uma mistura de sabonete chique e antisséptico fraco.

– Como vão as coisas? – continuou ele.

Antes de responder, o superintendente Battle correu o olhar pelo confortável consultório.

– Bem, dr. Roberts, para ser exato, não vão indo. Estão estagnadas.

– Não saiu quase nada nos jornais, o que me deixou feliz.

– *Morte súbita do célebre sr. Shaitana em festa noturna em sua residência.* Por enquanto ficou por isso mesmo. Saiu o resultado da autópsia... Trouxe junto o relatório... Pensei que pudesse interessá-lo...

– É muita gentileza sua. Me interessa, sim... Hum... sim, muito interessante.

Devolveu o relatório.

– E entrevistamos o advogado do sr. Shaitana. Ficamos sabendo dos termos de seu testamento. Nada digno de nota. Parentes na Síria, ao que parece. É claro, esmiuçamos toda a sua papelada particular.

Seria imaginação ou aquele rosto largo e bem-barbeado deixou transparecer certa tensão?

– E descobriram algo? – indagou o dr. Roberts.

– Nada – disse o superintendente Battle, sem tirar os olhos do médico. Ele não chegou a demonstrar um sinal de alívio. Nada tão evidente assim. Mas pareceu relaxar e ficar um pouco mais confortável na cadeira.

– E agora veio me procurar?

– E agora, como o senhor diz, vim procurá-lo.

As sobrancelhas do médico ergueram-se de leve, e seus olhos sagazes fitaram os de Battle.

– Quer investigar a *minha* papelada particular, não é?

– Essa era a minha ideia.

– Tem mandado de busca?

– Não.

– Bem, imagino que possa conseguir um com facilidade. Não vou criar dificuldades. Não é muito agradável ser suspeito de cometer um assassinato, mas imagino que não posso culpá-lo por fazer aquilo que obviamente é seu dever.

– Obrigado – frisou o superintendente Battle com gratidão sincera. – Se me permite dizer, aprecio muito sua atitude. Tomara que os outros sejam tão maleáveis quanto o senhor.

– O que não tem remédio, remediado está – citou o doutor, bem-humorado.

E continuou:

– Terminei de atender meus pacientes aqui. Estava saindo para fazer as visitas de rotina. Vou lhe deixar minhas chaves e avisar minha secretária que o senhor pode vasculhar tudo conforme seu bel-prazer.

– Sem dúvida é muita gentileza – disse Battle. – Gostaria de indagar umas coisinhas antes de o senhor sair.

– Sobre a outra noite? Honestamente, já lhe contei tudo o que sabia.

– Não, não sobre a noite fatídica. Sobre o senhor.

– Bem, diga logo. O que deseja saber?

– Gostaria de um breve resumo de sua trajetória pessoal e profissional, dr. Roberts. Nascimento, casamento e assim por diante.

– Já vou praticando para o *Quem é quem* – retorquiu ríspido o doutor. – Minha trajetória é simples e honesta. Sou um cidadão de Shropshire, nascido em Ludlow. Meu pai clinicava lá. Morreu quando eu tinha quinze anos. Estudei em Shrewsbury e, seguindo os passos de meu pai, escolhi medicina. Cursei a Faculdade de St. Christopher. Mas imagino que já deva ter pesquisado minha carreira médica.

– Já chequei seu currículo, sim. É filho único ou tem irmãos ou irmãs?

– Filho único. Meus pais são falecidos e sou solteiro. É suficiente? Entrei aqui em parceria com o dr. Emery. Ele se aposentou há uns quinze anos. Foi morar na Irlanda. Posso lhe conseguir o endereço se quiser. Moro aqui com uma cozinheira e mais duas empregadas. Minha secretária vem de segunda a sexta-feira. Tenho uma boa renda e mato apenas um número reduzido de pacientes. Que tal?

O superintendente Battle abriu um sorrisinho.

– É uma resposta bastante abrangente, dr. Roberts. Seu bom humor me agrada. Agora só mais uma perguntinha.

– Sou um homem de rígidos princípios morais, superintendente.

– Ah, não foi isso que eu quis dizer. Na verdade, eu ia perguntar se podia me fornecer o nome de quatro amigos... Pessoas de quem o senhor foi amigo chegado por alguns anos. A título de referências pessoais, se é que me entende.

– Sim, acho que sim. Deixe-me ver. Prefere gente que more em Londres?

– Tornaria a tarefa um pouco mais fácil, mas esse é um pormenor sem importância.

O médico pensou por alguns instantes. Em seguida, tomou a caneta, rabiscou às pressas quatro nomes e respectivos endereços numa folha de papel e a estendeu por cima da mesa a Battle.

– Servem estes? Foi o melhor que pude pensar assim de improviso.

Battle leu com atenção, assentiu satisfeito e guardou o papel no bolso interno do paletó.

– É só uma questão de eliminação – explicou. – Quanto antes eu descartar uma pessoa e partir para outra, melhor para todos os envolvidos. Tenho que ter certeza absoluta de que o senhor não tinha desavenças com o falecido sr. Shaitana; que o senhor não tinha ligações particulares nem negócios com ele; que no passado não houve nenhum caso em que ele o tenha prejudicado e lhe deixado ressentimentos. Até posso *acreditar* no senhor quando afirma que o conheceu apenas superficialmente... Mas aqui não se trata do que eu *acredito.* Devo ser capaz de dizer que *tenho certeza.*

– Entendo perfeitamente. Tem que pensar que todos são mentirosos até prova em contrário. Tome aqui minhas chaves, superintendente. Esta é das gavetas da escrivaninha, esta é do arquivo e esta menorzinha é do armário dos medicamentos. Por favor, não deixe de chavear tudo depois. Talvez seja melhor eu avisar a secretária.

Apertou um botão na escrivaninha.

Quase de imediato, a porta se abriu e uma jovem aparentando eficiência surgiu.

– Chamou, doutor?

– Srta. Burgess, este é o superintendente Battle, da Scotland Yard.

A srta. Burgess lançou a Battle um olhar gélido. Parecia dizer: "Meu Deus do céu, de onde é que saiu este brutamontes?".

– Por gentileza, srta. Burgess, responda às perguntas que o superintendente Battle lhe fizer e o auxilie no que ele precisar.

– Com certeza, doutor. Como o senhor quiser.

– Bem – disse Roberts ao se levantar –, tenho que ir andando. Pôs a morfina na maleta? Vou precisar na visita a Lockheart.

Saiu alvoroçado, ainda falando, e a srta. Burgess o seguiu.

– Quer apertar o botão quando precisar de mim, superintendente Battle?

Battle agradeceu-lhe e disse que faria isso. Então pôs mãos à obra.

Empreendeu uma busca minuciosa e metódica, embora não nutrisse real esperança de encontrar algo significativo. A pronta concordância de Roberts praticamente eliminara essa possibilidade. Roberts não nascera ontem. Sabia que uma busca seria empreendida e tomaria precauções condizentes. Havia, entretanto, a tênue chance de encontrar algum indício daquilo que realmente procurava, já que Roberts não sabia o verdadeiro foco de sua busca.

O superintendente Battle abriu e fechou gavetas, esquadrinhou escaninhos, perscrutou um talão de cheques, estimou as contas a pagar, verificou o destino dessas contas, escrutinou os extratos bancários de Roberts, investigou suas anotações sobre os pacientes. Em suma, examinou todo e qualquer documento escrito. O resultado foi escasso ao extremo. Depois deu uma olhada no armário de remédios, anotou os fornecedores com os quais o médico negociava, checou o sistema de controle de estoque, fechou o armário e passou ao arquivo. Seu conteúdo era de natureza mais pessoal, mas Battle nada encontrou de pertinente. Meneou a cabeça, sentou-se na cadeira do doutor e apertou o botão na mesa.

A srta. Burgess surgiu com elogiável presteza.

Cortês, o superintendente Battle pediu que ela se sentasse. Em seguida dedicou alguns instantes a estudá-la e a decidir a estratégia de abordagem. Logo percebera a sua atitude hostil e estava indeciso entre aumentar essa hostilidade para atiçá-la a falar sem reservas ou tentar um método mais suave.

– Imagino que saiba do que isso se trata, srta. Burgess – falou afinal.

– O dr. Roberts me contou – disse a srta. Burgess.

– A coisa toda é bastante delicada – continuou o superintendente Battle.

– É mesmo? – respondeu a srta. Burgess.

– Bem, é um assunto desagradável. Quatro pessoas estão sob suspeita e uma delas deve ter cometido o crime. O que eu gostaria de saber é se a senhorita alguma vez já viu esse sr. Shaitana.

– Nunca.

– E o dr. Roberts falou nele?

– Nunca. Espere... eu minto! Uma semana atrás o dr. Roberts me pediu para anotar um compromisso na agenda. Jantar no sr. Shaitana, às oito e quinze, no dia 18.

– E essa foi a primeira vez que ouviu falar nesse sr. Shaitana?

– Sim.

– Nunca viu o nome dele nos jornais? Ele costumava aparecer na coluna social.

– Tenho mais o que fazer do que ficar lendo a coluna social.

– Imagino que sim – comentou o superintendente, simpático. E prosseguiu: – Em resumo, todas essas quatro pessoas só vão admitir ter conhecido o sr. Shaitana de modo superficial. Mas um deles o conhecia bem o suficiente para matá-lo. É função minha descobrir qual deles.

Seguiu-se uma pausa que não ajudou em nada. A srta. Burgess parecia completamente desinteressada no exercício das funções do superintendente Battle. A obrigação dela era obedecer às ordens do patrão, ou seja, ficar ali sentada escutando o superintendente Battle falar e responder a quaisquer perguntas diretas que ele fizesse.

– Sabe, srta. Burgess – perseverou Battle, ciente de que a tarefa era árdua –, duvido que a senhorita sequer imagine as dificuldades de nosso trabalho. Para começo de conversa, correm boatos. Não somos obrigados a acreditar numa só palavra, mas não podemos deixar de levá-los em conta. Num caso assim, isso é especialmente verdadeiro. Não quero dizer nada contra o seu sexo, mas não há dúvida de que mulheres nervosas ou incomodadas têm a tendência de falar mal dos outros. Levantam acusações infundadas, insinuam isso ou aquilo e enumeram toda espécie de escândalos antigos que provavelmente não tenham relação alguma com o caso.

– Quer dizer – indagou a srta. Burgess – que uma dessas pessoas falou coisas contra o doutor?

– Não que tenham *falado* algo – disse Battle, cauteloso. – Mas, de qualquer modo, eu tenho que considerar. Circunstâncias suspeitas sobre a morte de um paciente. Mera tolice, talvez. Tenho vergonha de incomodar o doutor com isso.

– Só pode ser alguém que ficou sabendo daquele caso da sra. Graves – retrucou a srta. Burgess com raiva intensa. – É lamentável como as pessoas falam de coisas sobre as quais nada sabem. Muitas velhinhas enfiam na cabeça que estão sendo envenenadas por todo mundo... Os parentes, os empregados e até mesmo os médicos. A sra. Graves teve três médicos antes de consultar o dr. Roberts. Quando ela começou a ter essas mesmas fantasias sobre ele, o dr. Roberts fez questão de passar o caso ao dr. Lee. É a única coisa a fazer nesses casos, ele garantiu. Depois do dr. Lee, ela passou ao dr. Steele e depois ao dr. Farmer... Até que morreu, a coitada.

– Ficaria surpresa como o detalhe mais ínfimo gera boatos – ponderou Battle. – Sempre que um médico se beneficia com a morte de um paciente, alguém tem um comentário maldoso a dizer. Mas não vejo por que um paciente grato não possa deixar uma quantia pequena, ou até mesmo grande, em favor do médico que o atendeu.

– São os parentes – disse a srta. Burgess. – Sempre penso que não há nada como a morte para trazer à tona a mesquinhez da natureza humana. O defunto ainda nem esfriou e já começam a discutir sobre quem vai ficar com o quê. Ainda bem que o dr. Roberts nunca teve um problema desse tipo. Sempre diz que torce para que os pacientes não lhe deixem nada. Se não me engano, uma vez ele recebeu um legado de cinquenta libras. Noutra ocasião recebeu duas bengalas e um relógio de ouro. Nada além.

– É difícil a vida de um profissional da saúde – suspirou Battle. – Está sempre sujeito a chantagem. As ocorrências mais inocentes às vezes tomam aparência de escândalo. Para evitar a maledicência, não basta ao médico ser correto: ele precisa aparentar ser correto... Em outras palavras, precisa saber manter a cabeça no lugar.

– Tem toda razão – concordou a srta. Burgess. – Médicos sofrem um bocado com mulheres histéricas.

– Mulheres histéricas. É verdade. Achei que o problema era esse.

– Suponho que se refira àquela asquerosa sra. Craddock.

Battle fingiu meditar.

– Deixe-me ver, isso foi há uns três anos? Não, mais.

– Quatro ou cinco, se não me engano. Que mulher *mais* desajustada! Dei graças aos céus quando ela foi para o exterior, e o dr. Roberts também. Ela contou ao marido as mentiras mais deslavadas... Isso é de praxe. O coitado ficou irreconhecível... Pegou uma infecção e morreu. Antraz. Pincel de barba contaminado.

– Tinha me esquecido desse detalhe – mentiu Battle.

– E então ela viajou ao estrangeiro e morreu pouco tempo depois. Mas eu sempre a achei uma pessoa sórdida... Desvairada por homens, sabe.

– Conheço o tipo – disse Battle. – Perigosíssimas. Médicos têm que fugir delas como o diabo da cruz. Onde foi mesmo que ela morreu, acho que me lembro...

– Egito, eu acho. Uma infecção local... que virou septicemia...

– Outra coisa complicada para um médico – lembrou Battle numa súbita transição de assunto – é suspeitar que um de seus pacientes está sendo envenenado por um parente. O que fazer numa situação dessas? Tem que ter certeza... ou senão ficar de bico calado. Mas, se não falar nada, será constrangedor para ele se depois houver rumores de morte provocada. Será que o dr. Roberts já teve um caso parecido?

– Não creio – meditou a srta. Burgess. – Nunca ouvi falar de algo assim envolvendo o dr. Roberts.

– Do ponto de vista estatístico, seria interessante saber quantas mortes acontecem por ano entre os pacientes de um médico. Por exemplo, a senhorita trabalha há alguns anos com o dr. Roberts...

– Sete.

– Sete. Muito bem, quantas mortes mais ou menos aconteceram nesse período?

– É mesmo difícil dizer. – A srta. Burgess entregou-se a cálculos mentais. A esta altura, o gelo havia se quebrado e ela não desconfiava de mais nada. – Sete, oito... Claro que não consigo me lembrar com precisão... Com certeza não mais do que trinta nesse período.

– Imagino, então, que o dr. Roberts seja um médico melhor que a maioria – comentou Battle, alegre. – Imagino, também, que a maior parte de seus pacientes seja de classe alta. Gente que pode investir na própria saúde.

– É um médico bem conhecido. Infalível no diagnóstico.

Battle suspirou e levantou-se.

– Acho que me afastei do meu objetivo, ou seja, encontrar uma conexão entre o médico e o sr. Shaitana. Tem certeza de que ele não era paciente do doutor?

– Certeza absoluta.

– Talvez com outro nome? – Battle entregou-lhe uma foto. – Não o reconhece?

– Que figura mais teatral. Não, nunca o vi antes.

– Acho que é isso, então – suspirou Battle. – Estou muito agradecido ao doutor por sua disposição em ajudar. Diga isso a ele, certo? Diga-lhe que vou passar ao número 2. Passe bem, srta. Burgess, e muito obrigado por sua colaboração.

Apertou a mão dela e partiu. Ao ganhar a rua, sacou uma caderneta do bolso e fez algumas anotações na letra R.

Sra. Graves? Improvável.

Sra. Craddock?

Sem herança.

Sem esposa. (Pena.)

Investigar morte dos pacientes. Complicado.

Fechou a caderneta e entrou na agência do Banco Londres e Wessex, em Lancaster Gate.

Apresentou as credenciais de policial e conseguiu uma conversa particular com o gerente.

– Bom dia. Um de seus clientes é o dr. Geoffrey Roberts, se não estou enganado.

– Exato, superintendente.

– Preciso de algumas informações sobre a conta desse cavalheiro ao longo de alguns anos.

– Vou ver o que posso fazer para ajudá-lo.

Seguiu-se meia hora intrincada. Por fim, Battle, com um suspiro, guardou no bolso interno uma folha com números anotados a lápis.

– Conseguiu o que desejava? – perguntou curioso o gerente do banco.

– Não, não consegui. Nenhuma pista sugestiva. De qualquer modo, obrigado.

***

Naquele mesmo instante, o dr. Roberts, lavando as mãos no consultório, disse por cima do ombro à srta. Burgess:

– Que tal nosso impassível investigador, hein? Virou o consultório de pernas para o ar?

– Não extraiu muito de mim, posso lhe garantir – respondeu a srta. Burgess, apertando os lábios.

– Minha querida, não precisava ser um túmulo de tão calada. Eu lhe disse para contar tudo o que ele quisesse. Falando nisso, o que ele quis saber?

– Ah, ele ficou batendo na mesma tecla se o senhor conhecia aquele tal de Shaitana... Chegou até mesmo a insinuar que ele pudesse ter vindo aqui como paciente e com outro nome. Mostrou a foto dele. Que figura de aparência mais teatral!

– Shaitana? Ah, sim. Ele gostava de fazer pose de Mefistófeles. No geral, conseguia. O que mais Battle perguntou?

– Na verdade, não perguntou muita coisa. Com a exceção de que... ah, sim, alguém andou contando a ele alguma bobagem sobre a sra. Graves... O senhor sabe o jeito com que ela costumava agir.

– Graves? Graves? Ah, sim, a velha sra. Graves. Caso bem engraçado! – O doutor riu como quem se diverte à beça.

E, com excelente humor, passou à sala de jantar para o almoço.

Capítulo 10

Dr. Roberts (continuação)

O superintendente Battle almoçava com o monsieur Hercule Poirot.

O primeiro tinha um ar desanimado, e o último, solidário.

– Quer dizer que sua manhã não foi assim tão bem-sucedida – comentou Poirot, pensativo.

Battle sacudiu a cabeça.

– Esse caso é um osso duro de roer, monsieur Poirot.

– O que achou dele?

– Do médico? Bem, para ser franco, acho que Shaitana estava certo. É um assassino. Ele me faz lembrar de Westaway. E daquele advogado lá de Norfolk. Mesma postura simpática e autoconfiante. Mesma popularidade. Dois endiabrados de tão espertos... Roberts não perde para eles. Em todo caso, daí não se conclui que Roberts matou Shaitana... Para falar a verdade, não acredito que tenha sido ele. Ele saberia muito bem o risco que estaria correndo... mais do que um leigo saberia... que Shaitana poderia acordar e gritar. Não, não creio que Roberts seja o assassino de Shaitana.

– Mas acha que ele matou alguém?

– Possivelmente várias pessoas. Westaway matou. Mas vai ser difícil descobrir algo. Já investiguei a movimentação bancária... Nada de suspeito nela... Nenhum valor alto e repentino entrando na conta. De qualquer forma, nos últimos sete anos não recebeu herança alguma de pacientes. Isso descarta assassinato por vantagem financeira imediata. Nunca se casou... É uma pena... É tão simples para um médico matar a própria esposa. Ele é abastado, mas tem uma carreira próspera entre pessoas abastadas.

– Na verdade, aparenta levar uma vida livre de qualquer suspeita... e talvez leve mesmo.

– Talvez. Mas prefiro acreditar no pior.

Prosseguiu:

– Existe a insinuação de um escândalo envolvendo uma senhora... uma das pacientes... chamada Craddock. Acho que vale a pena se aprofundar nisso. Vou mandar alguém investigar essa história agora mesmo. A mulher acabou pegando uma infecção no Egito e morrendo. Não creio que ele esteja por trás disso... Mas o caso pode esclarecer detalhes de sua personalidade e sua conduta em geral.

– Ela era casada?

– Sim. O marido morreu de antraz.

– Antraz?

– Sim, na época havia uma porção de pincéis de barba baratinhos à venda... alguns contaminados. A imprensa fez o escândalo de costume.

– Conveniente – sugeriu Poirot.

– Foi nisso que pensei. Se o marido dela tivesse ameaçado abrir a boca... Mas tudo não passa de conjecturas. Não temos provas... É como se nos faltasse um pé de apoio.

– Força, amigo. Conheço bem sua paciência. Em breve vai ter mais pés de apoio que uma centopeia.

– E cair num fosso se ficar pensando neles – sorriu Battle.

Logo acrescentou, repleto de curiosidade:

– E o que me diz, monsieur Poirot? Vai colocar a mão na massa?

– Também estou pensando em fazer uma visitinha ao dr. Roberts.

– Dois investigadores num dia só. Isso talvez o deixe alarmado.

– Ah, vou ser muito discreto. Não vou indagar sobre o passado dele.

– Eu gostaria de saber exatamente qual estratégia pretende adotar – disse Battle, curioso. – Mas só me diga se quiser.

– *Du tout, du tout*... Nada tenho a esconder. Só vou falar um pouquinho de bridge.

– Bridge outra vez! É seu cavalo de batalha, não é, monsieur Poirot?

– Considero o assunto muito útil.

– Gosto não se discute. Prefiro distância de abordagens extravagantes. Não se adaptam a meu estilo.

– Qual é o seu estilo, superintendente?

O superintendente encontrou o sorriso no olhar de Poirot com um sorriso nos próprios olhos.

– Um policial pragmático, honesto e entusiasmado, que executa o dever com suprema dedicação. Esse é meu estilo. Nada de perfumaria. Nada de inspiração. Só honesta transpiração. Ar impassível e meio bronco: esse é o meu cartão de visitas.

Poirot ergueu o copo.

– Um brinde aos nossos respectivos métodos... E que o sucesso possa coroar nosso esforço conjunto.

– Espero que o coronel Race consiga algo consistente sobre Despard – comentou Battle. – Ele dispõe de boas fontes.

– E a sra. Oliver?

– Uma incógnita. No fundo gosto dela. Fala um monte de abobrinha, mas é boa gente. E as mulheres descobrem coisas sobre as outras mulheres que os homens nem sequer sonham. Talvez se depare com algo útil.

Cada qual tomou seu rumo. Battle voltou à Scotland Yard para dar instruções sobre certas linhas de investigação a serem seguidas. Poirot encaminhou-se a Gloucester Terrace, número 200.

As sobrancelhas do dr. Roberts ergueram-se comicamente ao saudar o visitante.

– Dois detetives num só dia – constatou. – Pelo andar da carruagem, até a noite vou estar algemado.

Poirot abriu um sorriso.

– Posso lhe garantir, dr. Roberts, que divido minhas atenções igualmente entre todos os quatro suspeitos.

– Não deixa de ser um consolo. Fuma?

– Com sua permissão, prefiro os meus.

Poirot acendeu um de seus minúsculos cigarros soviéticos.

– Bem, o que posso fazer para ajudá-lo? – indagou Roberts.

Poirot permaneceu um tempo em silêncio, soprando a fumaça. Então disse:

– Considera-se um observador arguto da natureza humana, doutor?

– Não sei. Acho que sim. Um médico precisa ser.

– Meu raciocínio foi exatamente esse. Pensei comigo: "Médicos sempre estudam os pacientes... semblante, cor, ritmo da respiração, sinais de inquietude... Médicos notam essas coisas automaticamente, quase sem se dar conta disso! O dr. Roberts é a pessoa certa para me ajudar".

– Estou a seu dispor no que estiver ao meu alcance. Qual é o problema?

Poirot retirou de um esmerado estojinho de bolso três cartelas de pontuação de bridge cuidadosamente dobradas.

– Tenho aqui os primeiros três *rubbers* daquela noite – explicou. – Este é o primeiro... na letra da srta. Meredith. Baseado nisto para refrescar a memória, é capaz de me dizer exatamente como transcorreu o leilão e depois o carteio?

Roberts fitou-o pasmado.

– Está brincando, monsieur Poirot. Como eu poderia me lembrar?

– Não pode tentar? Ficaria muito agradecido se tentasse. Comece por este primeiro *rubber*. Parece que o primeiro *game* começou num leilão de copas ou espadas e pelo jeito faltou uma vaza para fazer o contrato.

– Deixe-me ver... esta foi a primeira mão. Sim, acho que eles declararam espadas.

– E na mão seguinte?

– Acho que faltou uma vaza para cumprir o contrato... mas não consigo me lembrar dos detalhes. Sério, monsieur Poirot, não pode esperar que eu lembre mesmo disso.

– Não consegue lembrar nada do leilão nem do carteio?

– Eu recebi um grande *slam*... Disso eu me lembro. Sei que alguém dobrou. Também me lembro de não ter cumprido o contrato de modo vergonhoso... Um jogo em três sem trunfos, se não estou enganado... Foi um fiasco, fiz poucas vazas. Mas isso foi mais tarde.

– Lembra-se com quem estava jogando?

– Com a sra. Lorrimer. Ela estava meio de cara fechada, eu me lembro. Não gostou de minha atuação afoita no leilão, imagino.

– E não se lembra de mais nada do leilão nem do carteio?

Roberts caiu na risada.

– Meu bom monsieur Poirot, o senhor realmente acredita que eu possa me lembrar? Em primeiro lugar, houve aquele assassinato... Só isso já seria o suficiente para nos fazer esquecer dos lances mais espetaculares... Além do mais, de lá para cá joguei meia dúzia de *rubbers*.

Poirot permaneceu ali sentado, com ar de desânimo.

– Sinto muito – desculpou-se Roberts.

– Não tem importância – disse Poirot devagar. – Mas eu torcia para que o senhor lembrasse, pelo menos, de uma ou outra mão, pois seriam valiosos pontos de referência para recordar de outras coisas.

– Que outras coisas?

– Bem, talvez o senhor tivesse notado, por exemplo, o parceiro ou a parceira se atrapalhar numa rodada tranquila em sem trunfos, ou, digamos, um adversário de modo inesperado ceder algumas vazas de presente só por não jogar a carta certa.

Súbito o dr. Roberts ficou sério. Inclinou-se à frente na cadeira.

– Hum... – murmurou. – Agora percebo aonde o senhor quer chegar. Vai me desculpar. Cheguei a pensar que o senhor estava falando bobagem. Quer dizer que o assassinato, a execução bem-sucedida do assassinato, pode ter provocado uma diferença marcante no jogo da pessoa culpada?

Poirot assentiu.

– Captou bem a ideia. Seria uma pista de primeira relevância em se tratando de quatro jogadores que conhecessem bem o jogo dos outros. Variações, demonstrações súbitas de inabilidade, oportunidades perdidas... Isso teria sido notado de imediato. Infelizmente, nenhum de vocês se conhecia. A mudança no jogo não seria tão perceptível. Mas, pense, monsieur le docteur, imploro que *pense*. Lembra de alguma oscilação... algum repentino vacilo clamoroso... no jogo de alguém?

Seguiu-se um breve silêncio. Então o dr. Roberts balançou a cabeça.

– Não adianta. Não vou poder ajudá-lo – reconheceu com franqueza. – Simplesmente não consigo me lembrar. Tudo que eu posso dizer é o que já lhe disse: a sra. Lorrimer é uma jogadora de primeiro calibre... Não cometeu nenhum deslize que eu tenha percebido. Impecável do começo ao fim. O jogo de Despard também é uniforme. Jogador meio convencional... Quero dizer, suas vozes no leilão são estritamente convencionais. Nunca dá um passo fora das regras. Não se arrisca. A srta. Meredith... – Ele hesitou.

– Sim? A srta. Meredith? – estimulou Poirot.

– Ela cometeu, sim, um ou dois errinhos... eu me lembro... perto do fim do jogo, mas pode ter sido apenas por estar cansada... Afinal, é uma jogadora um tanto inexperiente. A mão dela tremia, também...

Ele parou.

– Quando a mão dela tremia?

– Quando foi, mesmo? Não consigo me lembrar... Acho que ela só estava nervosa. Monsieur Poirot, o senhor está me fazendo imaginar coisas.

– Peço desculpas. Há outro detalhe em que pode me ajudar.

– Sim?

Poirot disse devagar:

– É difícil. Sabe, não quero fazer uma pergunta que induza determinada resposta. Se eu dissesse: "O senhor notou isso ou aquilo"... Bem, eu poderia influenciá-lo. Sua resposta não seria tão valiosa. Deixe-me tentar abordar o assunto de outro modo. Poderia fazer a gentileza, dr. Roberts, de me descrever o conteúdo da sala em que os senhores jogaram?

Com ar de espanto completo, Roberts repetiu:

– O conteúdo da sala?

– Com a sua bondade.

– Meu bom amigo, eu nem sei por onde começar.

– Comece por onde preferir.

– Bem, a sala era bem mobiliada...

– *Non, non, non.* Seja mais exato, eu lhe peço.

O dr. Roberts suspirou.

Começou a imitar jocosamente os trejeitos de um leiloeiro.

– Um grande canapé de brocado marfim e outro de brocado verde. Quatro ou cinco poltronas. Oito ou nove tapetes persas; um conjunto de doze pequenas cadeiras imperiais douradas. Uma escrivaninha William e Mary. Sinto-me na pele de um leiloeiro. Belíssimo armário baixo chinês. Piano de cauda. Havia outros móveis, mas receio não ter reparado. Seis gravuras japonesas de ótima qualidade. Duas pinturas chinesas sobre espelhos. Cinco ou seis caixinhas de rapé lindíssimas. Numa mesinha à parte, várias estatuetas *netsuke** entalhadas em marfim. Prataria antiga... *tazzas* Carlos I, se não estou enganado. Uma ou duas caixinhas Battersea...**

– Bravo, bravo! – aplaudiu Poirot.

– Dois pássaros de antiga cerâmica vitrificada britânica... e, acho, uma estátua do famoso ceramista Ralph Wood. E também decoração oriental... Obras delicadas forjadas em prata. Algumas joias, mas não entendo muito. Uns passarinhos de Chelsea***, eu me lembro. Ah, e também miniaturas num estojo... diga-se de passagem, muito bonitas. Isso não chega nem perto de tudo o que havia... Mas é tudo o que eu consigo pensar no momento.

– Fantástico – elogiou Poirot com a devida apreciação. – É mesmo um excelente observador.

O doutor indagou curioso:

– Incluí o objeto em que o senhor pensava?

– Isso que é curioso – revelou Poirot. – Eu ficaria muito surpreso se o senhor tivesse mencionado o objeto em que eu pensava. Como pensei, o senhor não tinha como mencioná-lo.

---

* Miniesculturas japonesas que se prendiam à faixa do quimono como ornamento. (N.T.)

** Distrito de Londres famoso por sua arte de esmalte sobre cobre. (N.T.)

*** Louça de porcelana com pássaros pintados fabricada em Chelsea. (N.T.)

– Por quê?

Poirot sorriu com os olhos.

– Talvez... porque não estivesse lá para ser mencionado.

Roberts o fitou.

– Isso me faz lembrar de algo.

– Sherlock Holmes, não é? O estranho incidente do cão na madrugada. O cão não uivou no meio da noite. Isso que é mais estranho! Bem, não sou tão honesto a ponto de não roubar truques alheios.

– Monsieur Poirot, eu não faço ideia de onde o senhor quer chegar.

– Ótimo. Cá entre nós, é assim que alcanço meus resultados.

Com o dr. Roberts ainda mirando-o aturdido, Poirot levantou-se com um sorriso nos lábios e disse:

– Compreenda ao menos isto: as informações que o senhor me deu vão ser de grande utilidade na minha próxima entrevista.

O doutor também se levantou.

– Não vejo como, mas acredito na sua palavra – disse ele.

Os dois se despediram com um aperto de mãos.

Poirot desceu os degraus da casa do doutor e acenou para um táxi que passava.

– Cheyne Lane, 111, Chelsea – instruiu ao motorista.

Capítulo 11

Sra. Lorrimer

Cheyne Lane, 111. Casinha de aparência asseada e bem-cuidada no meio de um quarteirão tranquilo. A porta pintada de preto contrastava com os degraus de um branco singular; os metais da aldrava e da maçaneta cintilavam ao sol vespertino.

A porta foi aberta por uma empregada já de idade, vestida com um uniforme (touca e avental) de um branco impecável.

Em resposta à indagação de Poirot, ela informou que a patroa estava em casa e o precedeu escadaria estreita acima.

– A quem devo anunciar?

– Monsieur Hercule Poirot.

Foi levado a numa sala de visitas no formato da moda (em "L"). Poirot correu o olhar em volta, observando os detalhes. Boa mobília, envernizada, do tipo tradicional, que passa de geração em geração. Chitas estampadas forravam cadeiras e canapés. Aqui e ali, molduras fotográficas em prata, de estilo antiquado. No mais, um conveniente equilíbrio entre espaço e luz, com direito a belos crisântemos num jarro alto.

A sra. Lorrimer foi na direção dele.

Apertou sua mão sem demonstrar qualquer surpresa especial em vê-lo, indicou uma cadeira, puxou outra para si e fez um comentário sobre o clima aprazível.

Seguiu-se uma pausa.

– Madame, espero – começou Hercule Poirot – que me perdoe por aparecer assim sem avisar.

Fitando-o de modo incisivo, a sra. Lorrimer indagou:

– É uma visita profissional?

– Confesso que sim.

– Monsieur Poirot, percebe que, embora eu deva fornecer ao superintendente Battle e à polícia toda e qualquer informação e ajuda que eles porventura me solicitem, nada me obriga a fazer o mesmo para um investigador não oficial, seja ele quem for?

– Tenho plena consciência disso, madame. Se a senhora me mostrar o caminho da porta, eu sigo meu rumo com total submissão.

A sra. Lorrimer abriu um tênue sorriso.

– Ainda não estou preparada para agir de modo tão radical, monsieur Poirot. Posso lhe conceder dez minutos. Daqui a pouco tenho que sair para um joguinho de bridge.

– Dez minutos serão mais do que suficientes para meu objetivo. Gostaria que me descrevesse, madame, a sala na qual vocês jogaram bridge na noite fatídica... a sala onde o sr. Shaitana foi assassinado.

As sobrancelhas da sra. Lorrimer se ergueram.

– Que pergunta estranha! Não entendo o motivo dela.

– Madame, e se no meio de um jogo de bridge alguém lhe fizesse perguntas do tipo: "por que jogou aquele ás" ou "por que carteou o valete que perde para a dama em vez de jogar o rei que faria a vaza"? Respostas a essas perguntas seriam longas e enfadonhas, não é mesmo?

A sra. Lorrimer deu um sorrisinho.

– Em outras palavras, nesse jogo o senhor é o especialista, e eu, a principiante. Muito bem. – Meditou por alguns instantes. – Sala espaçosa. Atulhada de coisas.

– Conseguiria me descrever algumas dessas coisas?

– Flores de vidro... modernas... lindas... Gravuras chinesas ou japonesas. E um vaso com pequeninas tulipas vermelhas... de uma precocidade espantosa em se tratando dessa variedade.

– Algo mais?

– Acho que não prestei muita atenção nos detalhes.

– A mobília... lembra da cor do estofamento?

– Tecido sedoso, meio aveludado. É só o que consigo lembrar.

– Não observou nenhum dos bibelôs?

– Receio que não. Eram tantos. Sei que a sala me passou a impressão de pertencer a um colecionador.

Segundos de silêncio. A sra. Lorrimer constatou com um sorriso tímido:

– Pelo jeito não estou sendo muito útil.

– Há mais uma coisa. – Mostrou as pontuações de bridge. – Aqui temos os três primeiros *rubbers* jogados. Imagino se com estas pontuações como apoio a senhora não poderia me ajudar a reconstruir as mãos.

– Deixe-me ver. – Interessada, a sra. Lorrimer curvou-se sobre as anotações.

"Este foi o primeiro *rubber*. A srta. Meredith e eu jogávamos contra os dois homens. O primeiro contrato fechou em quatro espadas. Cumprimos o contrato com uma vaza extra. Na outra mão, o leilão fechou em dois ouros e faltou uma vaza para o dr. Roberts cumprir. Na terceira mão, o leilão foi animado, eu me lembro. A srta. Meredith passou. O major Despard declarou um copas. Eu passei. O dr. Roberts abonou em três paus. A srta. Meredith elevou para três espadas. O major Despard declarou quatro ouros. Eu dobrei. O dr. Roberts fechou em quatro copas. Não cumpriram o contrato por uma vaza."

– *Epatant* – comentou Poirot. – Que memória!

A sra. Lorrimer ignorou o comentário e prosseguiu:

– Na mão seguinte, o major Despard passou, e eu declarei um sem trunfo. O dr. Roberts declarou três copas. Minha parceira não disse nada. Despard abonou o parceiro em quatro copas. Dobrei. A dupla adversária não cumpriu o contrato por duas vazas. Logo depois foi a minha vez de dar as cartas, e fechamos o contrato em quatro espadas.

Pegou a próxima anotação.

– Esta é difícil – avisou Poirot. – O major Despard anota e depois risca.

– Para começar, tenho quase certeza de que as duas duplas não cumpriram o contrato por uma vaza... Então o dr. Roberts declarou cinco ouros, nós dobramos e ele deixou de cumprir por três vazas. Daí cumprimos o contrato em três paus, mas logo depois os outros fizeram *game* em espadas. Completamos o segundo *game* em cinco paus. Então fomos multados em duas vazas. Os outros fizeram em um copas e nós fizemos em dois sem trunfos. No fim, ganhamos o *rubber* num jogo de quatro paus.

Examinou a pontuação seguinte.

– Este *rubber* foi uma batalha renhida, eu me lembro. Começou meio sem graça. O major Despard e a srta. Meredith cumpriram contrato de um copas. Então, por duas mãos consecutivas, deixamos de fazer por duas vazas, em quatro copas e em quatro espadas. Daí os outros fecharam o *game* com um contrato em espadas... inútil tentar impedi-los. Na sequência, perdemos três mãos seguidas, mas sem dobre. Então ganhamos o segundo *game* em sem trunfos. Foi daí que começou a batalha campal. Cada lado deixou de cumprir o contrato por sua vez. O dr. Roberts supervalorizou a mão no leilão, mas, mesmo deixando de cumprir o contrato uma ou duas vezes de modo patético, sua estratégia acabou dando certo, pois mais de uma vez ele assustou a srta. Meredith e a fez declarar "passo" sem necessidade. Daí ele declarou um original dois espadas, eu abonei em três ouros, ele respondeu quatro sem trunfos, eu subi para cinco espadas, e de repente ele pulou para sete ouros. Claro que os adversários dobraram. O doutor não tinha cartas para justificar uma voz daquelas. Por uma espécie de milagre, conseguimos. Nunca imaginei que pudéssemos conseguir, mas vencemos vaza por vaza. Se os outros tivessem aberto com copas teríamos falhado por três vazas. Mas abriram com o rei de paus e conseguimos fazer. Foi realmente muito emocionante.

– *Je crois bien*... um grande *slam* vulnerável com dobre. É de empolgar, um jogo assim! De minha parte, eu admito, não tenho coragem para tentar *slams*. Já me contento com o básico.

– Ah, mas não deveria – criticou a sra. Lorrimer com vigor. – Tem que jogar certo e aproveitar a chance de fazer mais pontos.

– Assumir riscos, a senhora quer dizer?

– Não há risco se a fase de leilão estiver correta. Deve ser uma certeza matemática. Infelizmente, pouca gente sabe leiloar de verdade. Decoram as vozes de abertura, mas depois se perdem. Não reconhecem a sutil diferença entre mãos com cartas vencedoras e mãos sem cartas perdedoras... Mas quem sou eu para lhe dar uma palestra sobre a dinâmica e a contagem do bridge, monsieur Poirot.

– Com certeza meu jogo iria melhorar, madame.

A sra. Lorrimer retomou a análise dos pontos.

– Depois de toda aquela agitação, as duas mãos seguintes foram meio sem graça. Tem o quarto escore aí? Ah, sim. Um embate ferrenho... nenhuma dupla jogou a toalha.

– Em geral isso sempre acontece no decorrer da noite.

– Sim, o jogo começa morno, mas depois esquenta.

Poirot juntou as anotações e fez uma pequena mesura.

– Madame, eu a parabenizo. Sua memória para cartas é fabulosa... realmente fabulosa! Pode-se dizer que a senhora lembra de cada carta jogada!

– E acho que lembro, sim!

– A memória é um dom fantástico. Com ela, o passado nunca é passado... Imagino, madame, que cada incidente de seu passado se descortina claro como se fosse ontem. Não é assim?

Com rapidez, ela o mirou com olhos arregalados e escuros.

No instante seguinte, ela já retomara a postura experiente de quem não se surpreende com nada. Mas Hercule Poirot não teve dúvidas: o comentário havia acertado na mosca.

A sra. Lorrimer pôs-se de pé.

– Vai me desculpar, mas tenho que sair agora. Sinto muito... Mas não posso chegar atrasada.

– Claro que não... Eu me desculpo por tomar seu tempo.

– Sinto não ter sido capaz de ajudá-lo mais.

– Mas a senhora me ajudou – disse Hercule Poirot.

– Duvido muito – afirmou ela incisiva.

– Acredite. A senhora me disse algo que eu queria saber.

Ela não perguntou sobre o que era esse algo.

Ele estendeu a mão.

– Obrigado, madame, pela boa vontade e paciência.

Enquanto trocavam um aperto de mãos, ela disse:

– É um homem notável, monsieur Poirot.

– Sou como o bom Deus me fez, madame.

– Todos nós o somos, imagino.

– Nem todos, madame. Alguns tentam incrementar a obra divina. O sr. Shaitana, por exemplo.

– A que o senhor se refere?

– Ele tinha gosto requintado para *objets de vertu* e *bric-à-brac*... mas não se satisfez. Em vez disso, colecionou outras coisas.

– Que tipo de coisas?

– Bem... devemos dizer... sensações?

– E acha que isso não era *dans son caractère*?

Poirot abanou a cabeça com seriedade.

– Ele encarnava o papel do demônio de modo muito convincente. Mas não era o demônio. *Au fond*, era um imbecil. E por isso... morreu.

– Por ser imbecil?

– Pecados nunca são perdoados, madame. São sempre punidos.

Seguiu-se uma pausa. Então Poirot disse:

– Vou indo. Mil vezes obrigado por sua hospitalidade, madame. Prometo que só virei de novo se a senhora mandar me chamar.

As sobrancelhas dela se ergueram.

– Ora, monsieur Poirot, por que cargas d'água eu mandaria chamá-lo?

– A senhora talvez o faça. É só uma ideia. Nesse caso, eu virei. Lembre-se disso.

Fez nova reverência e saiu da sala.

Na rua disse para si mesmo:

– Estou certo... Posso apostar que estou certo... *Só pode* ser isso!

Capítulo 12

Anne Meredith

Com certa dificuldade, a sra. Oliver desvencilhou-se do banco do motorista de seu compacto veículo de dois lugares. Para começo de conversa, os fabricantes de veículos modernos partem do pressuposto de que só pares de joelhos graciosos estarão sob o volante. Some-se a isso a moda de fazer bancos baixos e reclinados para trás. O resultado é que senhoras de meia-idade com proporções avantajadas necessitam boa dose de contorcionismo sobre-humano para esgueirar as pernas debaixo do volante. Isso sem falar no banco do carona – atravancado por vários mapas, uma bolsa, três romances e uma cesta de maçãs. A sra. Oliver era voraz consumidora de maçãs; reza a lenda que, enquanto bolava a complicada trama de *Morte no cano de esgoto*, ela teria comido nada menos do que dois quilos de maçãs de uma vez só. E ao olhar para o relógio constatara – com um susto e uma incipiente dor de barriga – que já estava atrasada uma hora e dez minutos para um importante almoço em sua homenagem.

Num derradeiro e decisivo empurrão, auxiliado por um joelhaço na porta recalcitrante, a sra. Oliver chegou meio de chofre perante o portão de Wendon Cottage, não sem fazer chover caroços de maçãs a seu redor.

Soltou um fundo suspiro, empurrou para trás o chapéu campestre, posicionando-o num ângulo fora de moda, baixou o olhar ao conjuntinho de tweed que lembrou de vestir, franziu um pouco a testa ao ver que distraidamente esquecera de trocar os sapatos de verniz e salto alto, e, empurrando o portão de Wendon Cottage, galgou pela senda de pedras planas que conduzia à porta da frente. Apertou a campainha e brandiu a aldrava com energia – modelo antiquado, em formato de cabeça de sapo.

Como nada aconteceu, repetiu a performance.

Depois de nova pausa de minuto e meio, a sra. Oliver, a passos enérgicos, deu a volta pela casa numa jornada de exploração.

Atrás do chalé crescia um jardinzinho à moda antiga, com margaridas-de-são-miguel e esparsos crisântemos. Além do jardim, um amplo relvado se estendia até a beira do rio. Para um dia de outubro, até que o sol estava quente.

Duas moças atravessavam a relva na direção do chalé. Quando se aproximavam do portão do jardim, a moça que vinha na frente parou de supetão.

A sra. Oliver deu um passo à frente.

– Como vai, srta. Meredith? Não lembra de mim?

– Hã... é claro. – Anne Meredith estendeu a mão apressada, o olhar arregalado e aturdido. Então se recompôs. – Esta é a minha amiga, srta. Dawes. Moramos juntas. Rhoda, esta é a sra. Oliver.

Alta, morena e de aparência viçosa, a outra moça disse, empolgada:

– Puxa, a sra. Oliver em pessoa? Ariadne Oliver?

– A própria – confirmou a sra. Oliver. E acrescentou, dirigindo-se a Anne: – Minha querida, será que não poderíamos nos sentar em algum lugar? Tenho muita coisa para falar com você.

– Claro. Podemos tomar um chá...

– O chá pode esperar – respondeu a sra. Oliver.

As duas seguiram Anne até um pequeno quiosque com espreguiçadeiras e cadeiras de vime, todas um pouco deterioradas. Com certo cuidado, a sra. Oliver escolheu a de aparência mais resistente, pois já tivera várias experiências malfadadas com mobília frágil de verão.

– Muito bem, querida – começou sem cerimônia. – Nada de rodeios. É sobre o assassinato daquela noite. Temos que nos mexer e fazer alguma coisa a respeito.

– Fazer alguma coisa? – inquiriu Anne.

– Claro – respondeu a sra. Oliver. – Não sei o que *você* pensa, mas eu não tenho a mínima dúvida sobre quem é o culpado. Aquele médico. Como era o nome dele? Roberts. Isso mesmo! Roberts. Nome galês. Eu nunca confio nos galeses! Já tive uma enfermeira galesa que me acompanhou às águas termais de Harrogate e simplesmente foi para casa. Disse que se esqueceu de mim. Volúvel como só ela. Mas vamos deixar minha enfermeira para lá. Roberts é o autor do crime... É isso que importa. Temos que trabalhar em conjunto para provar.

Rhoda Dawes deu uma risada repentina, e em seguida corou.

– Desculpe. Mas a senhora... é bem diferente de como eu imaginava.

– Uma decepção, imagino – comentou serena a sra. Oliver. – Estou acostumada com isso. Não importa. O que temos a fazer é provar que Roberts é o culpado!

– Como poderíamos? – quis saber Anne.

– Ah, não seja tão derrotista, Anne – criticou Rhoda Dawes. – Acho a sra. Oliver esplêndida. Claro, ela sabe dessas coisas. Vai seguir as mesmas táticas de Sven Hjerson.

Corando de leve ao ouvir o nome de seu famoso detetive finlandês, a sra. Oliver disse:

– Temos que fazê-lo, e vou lhe contar o porquê, minha filha. Não vai querer que as pessoas fiquem pensando que foi *você*, não é mesmo?

– Por que é que iam pensar isso? – questionou Anne, ficando vermelha.

– Sabe como é esse povo! – comentou a sra. Oliver. – Os três inocentes vão ser tão alvos de suspeita quanto o culpado.

Anne Meredith falou devagar:

– Continuo sem entender por que veio procurar justo *eu*, sra. Oliver.

– Porque, na minha opinião, os outros dois não importam! A sra. Lorrimer é uma daquelas mulheres que vão todo santo dia a clubes de bridge. Mulheres assim são *blindadas*... São capazes de cuidar de si próprias. E de qualquer modo ela é velha. Não importa se alguém pensar que foi ela. Já uma jovem tem a vida toda pela frente.

– E o major Despard? – indagou Anne.

– Argh! – exclamou a sra. Oliver. – Ele é homem! Nunca me preocupo com homens. Homens podem cuidar de si. E o fazem extraordinariamente bem, aliás. Além do mais, o major Despard gosta de conviver com o perigo. Para ele isso tudo é diversão. É sentir em casa a mesma emoção que sente quando vai a Irrawaddy... ou seria Limpopo? Sabe a que me refiro... O tal rio africano que os homens tanto adoram. Não, não perco meu tempo me preocupando com esses dois.

– É muita bondade sua – disse Anne, comedida.

– Que coisa desagradável tudo isso – comentou Rhoda. – Deixou Anne transtornada, sra. Oliver. Ela é tremendamente sensível. E acho que a senhora está certíssima. É bem melhor fazer alguma coisa do que ficar de braços cruzados.

– Claro que é – concordou a sra. Oliver. – Para ser sincera, antes eu nunca havia me deparado com um assassinato real. E, continuando a ser sincera, não creio que eu tenha desenvoltura com assassinatos reais. Estou muito acostumada a ter o controle... se é que me entendem. Mas não ia ficar de fora enquanto aqueles três marmanjos se divertiam. Sempre digo que se uma mulher estivesse no comando da Scotland Yard...

– Sim? – incentivou Rhoda, inclinando-se à frente, os lábios entreabertos. – Se fosse a chefe da Scotland Yard, que medidas tomaria?

– Eu prenderia o dr. Roberts no mesmo instante...

– É mesmo?

– Mas não sou a chefe da Scotland Yard – disse a sra. Oliver, recuando do campo minado. – Sou apenas uma cidadã comum...

– Não, a senhora é mais do que isso – afirmou Rhoda, em um elogio meio confuso.

– Aqui estamos nós – prosseguiu a sra. Oliver –, três cidadãs comuns... todas do sexo feminino. Vamos discutir o problema juntas e ver o que conseguimos fazer.

Anne Meredith assentiu, pensativa. Logo disse:

– Por que pensa que foi o dr. Roberts?

– É o tipo da pessoa capaz disso – respondeu a sra. Oliver de pronto.

– Mas não acha... – Anne vacilou. – Um médico não ia preferir...? Quero dizer, para ele seria bem mais fácil usar veneno ou coisa parecida.

– Em absoluto. Venenos ou drogas de qualquer espécie apontariam diretamente a um médico. É só ver como eles costumam esquecer maletas com drogas perigosas nos carros Londres afora e que depois acabam roubadas. Não: justo por *ser* médico ele tomaria cuidado especial para não utilizar nada de natureza médica.

– Entendo – disse Anne, um pouco em dúvida.

Em seguida falou:

– Mas por que a senhora pensa que ele queria matar o sr. Shaitana? Tem alguma ideia?

– Ideia? Ideia é o que não me falta. Nisso é que reside a dificuldade. É sempre essa a minha dificuldade. Nunca consigo pensar num só enredo de cada vez. Sempre penso em no mínimo cinco, e é um tormento ter que escolher um. Consigo imaginar seis belos motivos para o crime. O problema é não ter a mínima condição de saber qual é o certo. Em primeiro lugar, talvez Shaitana fosse agiota. Ele parecia uma pessoa muito educada, mas pérfida. Roberts estava em suas garras e o matou porque não conseguiu o dinheiro para reembolsar o empréstimo. Ou talvez Shaitana tenha desonrado sua filha ou irmã. Ou quem sabe Roberts fosse bígamo e Shaitana soubesse. Outra hipótese é que Roberts tenha se casado com a prima de Shaitana em segundo grau e acabe herdando todo o dinheiro de Shaitana por intermédio dela. Ou... quantos motivos já listei?

– Quatro – disse Rhoda.

– Ou..., e este é mesmo um motivo excelente, suponhamos que Shaitana soubesse algum segredo do passado de Roberts. Talvez não tenha notado, meu bem, mas Shaitana falou algo bem estranho durante o jantar... pouco antes daquela pausa bem esquisita.

Anne se abaixou para acariciar uma lagarta e falou:

– Acho que não me recordo.

– O que foi que ele disse? – indagou Rhoda.

– Algo sobre... o que foi mesmo?... Acidentes e venenos. Não se lembra?

A mão esquerda de Anne apertou com força o braço da cadeira de vime.

– Eu me lembro de algo assim – respondeu serenamente.

Súbito, Rhoda disse:

– Querida, é melhor pegar um casaco. Não estamos no verão, lembre-se. Vá se agasalhar.

Anne meneou a cabeça.

– Não estou com frio.

Mas estremeceu de leve ao falar.

– Minha teoria é a seguinte – continuou a sra. Oliver. – Um dos pacientes do doutor envenenou-se por acidente, mas claro que na verdade isso foi obra do doutor. Arrisco dizer que ele já matou várias pessoas assim.

Uma súbita vermelhidão coloriu as bochechas de Anne. Ela disse:

– Mas acha normal que um médico queira matar os pacientes assim, a varrer? Isso não traria consequências desastrosas à sua profissão?

– Haveria um motivo, é claro – murmurou meio vaga a sra. Oliver.

– Acho a ideia absurda – retrucou Anne, ríspida. – E melodramática ao extremo.

– Ah, Anne! – desculpou-se Rhoda num arroubo de emoção. Fitou a sra. Oliver com o olhar inteligente de um cocker spaniel. O olhar parecia dizer: "Não dê bola para o que ela disse. Procure relevar".

– Acho a ideia fabulosa, sra. Oliver – afirmou Rhoda com franqueza. – E médicos conseguem obter substâncias que não deixam vestígios, não é?

– Ah! – exclamou Anne.

As outras duas volveram os olhares a ela.

– Lembrei de mais uma coisa – disse Anne. – O sr. Shaitana mencionou algo sobre as oportunidades de um médico num laboratório. Acho que ele queria insinuar alguma coisa.

– Não foi o sr. Shaitana quem falou isso. – A sra. Oliver meneou a cabeça. – Foi o major Despard.

Um som de passos na trilha do jardim a fez virar a cabeça.

– Quem diria! – exclamou ela. – Falou no diabo, apontou o rabo!

O major Despard acabara de contornar a casa.

Capítulo 13

Segundo visitante

Ao notar a presença da sra. Oliver, o major Despard pareceu levemente surpreso. Seu rosto bronzeado pintou-se de vermelho vivo. O constrangimento o deixou meio atrapalhado. Rumou até Anne.

– Vai me desculpar, srta. Meredith – principiou. – Fiquei um bom tempo tocando a campainha. Ninguém atendeu. Estava passando nas redondezas. Pensei em lhe fazer uma visita.

– Sinto muito por deixá-lo esperando – desculpou-se Anne. – Não temos empregados em tempo integral... Só uma senhora que vem todas as manhãs.

Ela o apresentou a Rhoda.

Rhoda apressou-se a sugerir:

– Vamos tomar um chazinho. Está esfriando, é melhor entrarmos.

Todos entraram na casa. Rhoda sumiu-se pela porta da cozinha. A sra. Oliver comentou:

– É uma grande coincidência nos encontrarmos aqui.

Despard falou calmamente:

– Sim.

O olhar dele – atento e avaliativo – a perscrutou.

– Eu dizia para a srta. Meredith – ponderou a sra. Oliver, divertindo-se à beça – que temos que formular um plano de ação. Sobre o assassinato, quero dizer. Claro, o assassino é aquele médico. Não concorda comigo?

– Não tenho como afirmar nada. Não existe praticamente nenhum indício.

A sra. Oliver estampou no rosto a sua costumeira expressão de "típico pensamento masculino."

Um certo embaraço se estabelecera entre os três. A sra. Oliver o havia pressentido com rapidez suficiente. Quando Rhoda trouxe o chá, ela se levantou e disse que precisava ir andando. Era muita gentileza da parte delas, mas o chá ficaria para outra oportunidade.

– Vou deixar meu cartão – informou. – Aqui está. Tem meu endereço nele. Quando forem à cidade não deixem de aparecer. Vamos repassar tudo e ver se não temos uma ideia inteligente para deslindar o caso.

– Eu a acompanho até o portão – ofereceu-se Rhoda.

Enquanto as duas desciam a trilha até o portão frontal, Anne Meredith saiu correndo da casa e as alcançou.

– Pensei melhor – disse ela.

Trazia no rosto pálido uma singular expressão resoluta.

– Sim, minha querida?

– É muita gentileza sua, sra. Oliver, ter se dado o trabalho de vir até aqui. Mas prefiro não me meter nisso. Quero dizer... foi tudo tão horrível. Só quero esquecer.

– Minha filha, a pergunta é: "será que vão *permitir* que você esqueça?".

– Ah, sei perfeitamente que a polícia não vai abandonar o caso. É bem provável que venham aqui e me façam um monte de outras perguntas. Estou pronta para isso. Mas pessoalmente, quero dizer, não quero ficar falando nisso... nem ser lembrada disso de um modo ou de outro. Talvez seja covardia minha, mas é assim que me sinto.

– Ah, Anne! – gritou Rhoda Dawes.

– Entendo como se sente, mas não sei até que ponto sua decisão é sensata – ponderou a sra. Oliver. – Por conta própria, acho difícil a polícia descobrir a verdade.

Anne Meredith deu de ombros.

– E será que isso importa?

– Importa? – gritou Rhoda. – É lógico que sim. *Importa*, não é, sra. Oliver?

– Eu diria que sim, sem dúvida – retorquiu a sra. Oliver em tom seco.

– Não concordo – retrucou Anne obstinada. – Quem me conhece jamais vai pensar que fui eu. Não vejo motivo para me meter. Cabe à polícia chegar à verdade.

– Ah, Anne, você é *tão* frouxa.

– Mas é assim que me sinto – disse Anne estendendo a mão. – Muito obrigada, sra. Oliver. É muita bondade sua ter se incomodado.

– Claro. Se é assim que você se sente, não há nada mais a ser dito – disse contente a sra. Oliver. – De qualquer modo, eu é que não vou ficar vendo a caravana passar. Até mais ver, minha cara. Se mudar de ideia, me procure em Londres.

Entrou no carro, deu a partida e arrancou, abanando alegremente para as duas moças.

Súbito, Rhoda arremeteu atrás do veículo e subiu no estribo.

– Aquilo que a senhora disse... sobre procurá-la em Londres – ofegou ela. – Quis dizer só a Anne ou também se referia a mim?

A sra. Oliver reduziu a marcha.

– Eu quis dizer vocês duas, é claro.

– Ah, obrigada. Não pare. Eu... quem sabe eu apareça um dia desses. Tem algo... não, não pare. Eu consigo pular.

Pulou e abanando correu de volta ao portão, onde Anne a esperava.

– O que diabos...? – começou Anne.

– Não é uma gracinha? – perguntou Rhoda, entusiasmada. – Sou fã dela. Reparou no estranho par de meias que ela usava? Tenho certeza de que é incrivelmente esperta.

Tem que ser... para conseguir escrever todos aqueles livros. Seria divertido se ela descobrisse a verdade enquanto a polícia e os outros ainda estivessem baratinados.

– Por que ela veio aqui? – perguntou Anne.

Rhoda arregalou os olhos.

– Querida... ela lhe disse...

Anne fez um gesto impaciente.

– Temos que entrar. Eu me esqueci. Deixei o major sozinho.

– O major Despard? Anne, ele é um pedaço de mau caminho, não acha?

– Imagino que sim.

As duas subiram juntas pelo caminho de pedras.

Em pé ao lado do consolo da lareira, o major Despard segurava a xícara de chá.

Abreviou as desculpas de Anne por deixá-lo sozinho.

– Srta. Meredith, quero explicar por que apareci assim sem avisar.

– Ah... mas...

– Falei que estava passando casualmente nas redondezas. Essa não é bem a verdade. Eu vim até aqui de propósito.

– Como descobriu meu endereço? – indagou Anne com sutileza.

– Com o superintendente Battle.

Percebeu que ela se encolheu de leve ao escutar aquele nome.

Apressou-se a emendar:

– Battle deve estar a caminho daqui. Encontrei-o por acaso na estação de Paddington. Peguei o carro e vim para cá. Eu sabia que seria fácil chegar antes do trem.

– Mas por quê?

Despard hesitou um minuto.

– Pode ser presunção minha... mas tive a impressão de que a senhorita era, talvez, o que a gente costuma chamar de "sozinha no mundo".

– Ela tem a minha companhia – disse Rhoda.

Despard a olhou de relance, apreciando a silhueta chamativa e pueril que, escorada no consolo da lareira, acompanhava suas palavras com tanta paixão. Os dois fariam um bonito casal.

– Tenho certeza de que ela não poderia ter amiga mais dedicada, srta. Dawes – galanteou –, mas me ocorreu que, nessas circunstâncias peculiares, seria útil o conselho de alguém com boa dose de experiência. A situação real é a seguinte: a srta. Meredith está sob suspeita de ter cometido assassinato. A mesma coisa se aplica a mim e às duas outras pessoas presentes na sala naquela noite. Vivenciar uma situação dessas não é nada agradável... Traz problemas e perigos inerentes e específicos que alguém tão jovem e inexperiente, srta. Meredith, talvez não se dê conta. A meu ver, a senhorita deve contratar um bom advogado. Talvez já tenha feito isso.

Anne Meredith balançou a cabeça.

– Nem pensei nessa possibilidade.

– Como suspeitei. Conhece um bom profissional... alguém de Londres, quem sabe?

De novo Anne meneou a cabeça.

– Jamais precisei de advogado.

– Há o sr. Bury – lembrou Rhoda. – Mas deve beirar os 102 anos. E já anda meio gagá.

– Se me permite, srta. Meredith, recomendo que consulte o sr. Myherne, meu advogado. Na verdade, o nome da empresa é Jacobs, Peel & Jacobs. Gente de gabarito, experiente, que entende do riscado e sabe o caminho das pedras.

O rosto de Anne ficou mais pálido ainda. Sentou-se.

– Será mesmo necessário? – indagou em voz baixa.

– Mais do que necessário, eu diria. Existem muitas armadilhas jurídicas.

– Esse pessoal... cobra muito?

– Isso não importa nem um pouco – interpôs-se Rhoda. – Acho que isso *não* será problema, major Despard. Creio que tudo o que senhor disse é bem verdade. Anne precisa ser protegida.

– Eles cobram honorários bem razoáveis, acho – comentou Despard. E acrescentou, sério: – Penso que seria uma decisão sábia, srta. Meredith.

– Muito bem – respondeu Anne sem convicção. – Vou contratá-los, se vocês acham melhor.

– Certo.

Rhoda mencionou carinhosamente:

– Foi um gesto muito gentil de sua parte, major Despard. Muito gentil mesmo.

Anne disse:

– Obrigada.

Depois de hesitar, emendou:

– Entendi bem ou o superintendente Battle está vindo para cá?

– Sim. Não precisa ficar alarmada com isso. É inevitável.

– Ah, eu sei. Para ser sincera, eu já estava esperando que ele viesse.

Rhoda comentou impulsiva:

– Coitadinha... Essa confusão toda está acabando com ela. É uma vergonha... é injusto demais.

Despard ponderou:

– Concordo... é um negócio muito desagradável... arrastar uma jovem para o vórtice de um turbilhão desse tipo. Se alguém quisesse cravar um punhal em Shaitana, que o fizesse em outro lugar ou horário.

Rhoda perguntou direta e firmemente:

– Quem o senhor acha que cometeu o crime? O sr. Roberts ou a sra. Lorrimer?

Um sorriso muito tênue mexeu o bigode de Despard.

– Eu também poderia ser o assassino, como a senhorita bem sabe.

– Ah, não – protestou Rhoda. – Anne e eu sabemos que *não* foi o senhor.

Ele as fitou com um olhar amável.

Uma dupla de boas moças. Repletas de fé e confiança comovedoras. Criaturinha tímida, a jovem Meredith. Agora ela não precisava mais se preocupar: Myherne lhe daria todo o apoio necessário. A outra moça era uma lutadora. Não estaria tão abalada quanto a amiga se estivesse no lugar dela. Moças sérias. Gostaria de conhecê-las melhor.

Esses pensamentos perpassaram seu cérebro. Em voz alta, disse:

– Nunca dê nada como garantido, srta. Dawes. Não dou tanto valor assim à vida humana quanto a maioria das pessoas dá. Todo esse espalhafato sobre mortes nas estradas, por exemplo. A humanidade corre perigo constante: da violência no trânsito, do ataque de germes, de mil e uma coisas. Tanto faz morrer de um jeito ou de outro. A meu ver, quando começamos a tomar precauções pessoais e adotar o lema "A segurança em primeiro lugar" já estamos com um pé na cova.

– Concordo plenamente! – exclamou Rhoda. – Acho que devemos correr perigos... se tivermos oportunidade. Mas em geral a vida é terrivelmente apática.

– Tem lá seus momentos.

– Tem para alguém como *o senhor*, que se aventura em lugares inóspitos, dispara armas de fogo e sabe o que é ser atacado por tigres, picado por insetos e infestado por bichos-de-pé. Enfrenta situações nada confortáveis, mas muito emocionantes.

– Bem, a srta. Meredith também teve sua dose de emoção. Não creio que seja muito comum estar presente numa sala bem na hora em que um crime é cometido...

– Ah, não diga isso! – atalhou Anne.

Ele se apressou a emendar:

– Sinto muito.

Mas Rhoda falou com um suspiro:

– Claro que foi horrível... mas também empolgante! Não creio que Anne aprecie esse lado da coisa. Sabe, acho que a sra. Oliver está entusiasmada por ter sido uma das pessoas presentes naquela noite.

– A sra...? Hum... a sua amiguinha roliça que escreve os livros protagonizados pelo tal finlandês de nome impronunciável? Não diga... ela está tentando solucionar um crime na vida real?

– É o que ela quer.

– Boa sorte para ela. Seria divertido se ela superasse Battle e companhia.

– Que tipo de pessoa é o superintendente Battle? – indagou Rhoda com curiosidade.

O major Despard descreveu em tom grave:

– Policial de astúcia extraordinária. Sujeito de capacidade notável.

– Ah, é?! – exclamou Rhoda. – Anne contou que ele tem um ar meio parvo.

– Isso, eu imagino, faz parte de seus recursos estratégicos. Mas não devemos nos enganar: Battle não tem nada de bobo.

Ele se ergueu.

– Bem, tenho que ir andando. Só queria falar mais uma coisinha.

Anne também se ergueu.

– Sim? – indagou ao estender a mão.

Despard fez uma pausa breve, escolhendo as palavras com cuidado. Pegou a mão dela e a segurou. Fitou aqueles belos e imensos olhos cinzentos.

– Não leve a mal o que vou dizer – começou. – Só quero dar um aviso. É bem possível que exista algum detalhe de sua amizade com Shaitana que a senhorita não queira revelar. Se for assim... não fique zangada, por favor – ressalvou ele ao sentir a mão dela se crispando –, se for assim, não hesite em recusar a responder quaisquer perguntas que Battle fizer. É seu direito responder apenas na presença de seu advogado.

Anne recolheu a mão. Os olhos cinzentos se arregalaram e escureceram de raiva.

– Não existe nada... *nada*... Eu mal conhecia aquele energúmeno.

– Sinto muito – disse o major Despard. – Pensei que devia tocar nesse assunto.

– É a pura verdade – confirmou Rhoda. – Anne mal o conhecia. Ela não gostava muito dele, mas ele dava festas legais.

– Essa – observou o major Despard em tom severo – parece ter sido a única razão do viver do falecido sr. Shaitana.

Anne sentenciou com frieza na voz:

– O superintendente Battle pode me perguntar o que bem entender. Não tenho nada a esconder... *nada*.

Despard disse com muita suavidade:

– Por favor, me perdoe.

Ela o mirou. Sua raiva arrefeceu. Abriu um sorriso meigo.

– Tudo bem – disse ela. – Sei que sua intenção foi boa.

Ela estendeu a mão outra vez. Ele a tomou e disse:

– Estamos no mesmo barco, sabe. Temos que ter espírito de companheirismo...

Foi Anne que o levou até o portão. Quando ela voltou, Rhoda espiava pela janela e assobiava. Rhoda se virou quando a amiga entrou na sala.

– Ele é lindo, Anne.

– Cara legal, não é?

– Bem mais do que legal... Eu o amei de paixão. Por que não fui convidada àquele maldito jantar em vez de você? Eu ia gostar da emoção... a rede se fechando a meu redor... a sombra do patíbulo...

– Não ia gostar, não. Está falando asneiras, Rhoda.

A voz de Anne soou incisiva. E logo amoleceu ao dizer:

– Foi legal da parte dele ter vindo até aqui... Só para ajudar uma estranha... uma garota com quem só se encontrou uma vez.

– Ah, ele se apaixonou por você. Está na cara. Homens não fazem nada por simples gentileza, sem interesse por trás. Ele não teria se abalado até aqui se você fosse estrábica e tivesse a pele cheia de pústulas.

– Acha que não?

– Claro que não, tolinha. A sra. Oliver é *bem* mais desinteressada.

– Não vou com a cara dela – revelou Anne, subitamente. – Fiquei meio desconfiada... Fico me perguntando... por que motivo ela veio, mesmo?

– As suspeitas de costume em relação às pessoas do próprio sexo. Pensando bem, arrisco dizer que foi o major Despard quem veio com segundas intenções.

– Tenho certeza de que não! – explodiu Anne em tom zangado.

Então ela ruborizou ao Rhoda Dawes cair na gargalhada.

Capítulo 14

Terceiro visitante

O superintendente Battle chegou a Wallingford por volta das seis da tarde. Tencionava se enfronhar o máximo possível das inocentes fofocas locais antes de interrogar a srta. Anne Meredith.

Não foi assim tão difícil pinçar boas informações. Sem se comprometer em definitivo com qualquer declaração, o superintendente forneceu várias impressões distintas sobre seu ramo de atuação profissional.

Pelo menos dois moradores afirmariam convictos tratar-se de um construtor londrino que viera a Wallingford projetar uma ala nova para o chalé. Outra moradora diria que ele era "um desses turistas de fim de semana querendo comprar ou alugar um chalé mobiliado". E outras duas jurariam de pés juntos que ele representava uma empresa especializada em quadras de tênis de piso duro.

As informações obtidas pelo superintendente foram inteiramente favoráveis.

– Wendon Cottage... sim, isso mesmo... fica em Marlbury Road. Não há como errar. Sim, duas moças. Srta. Dawes e srta. Meredith. Moças excelentes, diga-se de passagem. Hábitos pacatos.

"Se moram por aqui há um bom tempo? Ah, não, não chega a tanto. Pouco mais de dois anos. As duas se mudaram no mês de setembro. Compraram o imóvel do sr. Pickersgill. Depois que a mulher dele morreu, sabe, ele nunca usou muito o chalé."

O informante do superintendente Battle nunca tinha ouvido falar de que elas eram provenientes de Northumberland. *Ele* achava que elas vinham de Londres. Gozavam de boa reputação na vizinhança, embora algumas pessoas antiquadas achassem inadequado o fato de duas moças morarem sozinhas. Mas de estilo recatado, as duas. Nada a ver com aquele tipo de moça acostumada a fins de semana regados a coquetéis. A srta. Rhoda era a mais arrojada. A srta. Meredith, a mais quietinha. Sim, quem pagava as contas era a srta. Dawes. Ela era a dona do dinheiro.

No fim das contas, as pesquisas do superintendente o conduziram inevitavelmente à sra. Astwell – a "faz-tudo" das moças de Wendon Cottage.

A sra. Astwell falava pelos cotovelos.

– Não. Acho que elas não querem vender. Pelo menos, não de imediato. Faz pouco mais de dois anos que elas se mudaram. Sim, meu senhor. Desde o começo eu cuido da limpeza pra elas. Das oito ao meio-dia: esse é o meu turno de trabalho. Mocinhas muito queridas e animadas, sempre gracejando e se divertindo. Nenhuma tem o nariz empinado.

"É claro, eu não tenho certeza se ela é a mesma srta. Dawes que o *senhor* conhece... da mesma *família*, quero dizer. Na minha cabeça ela veio de Devonshire. De vez em quando ela recebe um pote de creme de leite e diz que se lembra de casa. Então acho que esse é o berço da família dela.

"Como o senhor bem diz, é uma tristeza que tantas mocinhas tenham que trabalhar para sobreviver hoje em dia. Essas duas moças, não que a gente possa chamá-las de ricas, mas levam uma vida bem agradável. É a srta. Dawes que tem dinheiro, é claro. A srta. Anne lhe faz companhia, vamos dizer. O chalé é da srta. Dawes.

"Não sei bem certo de onde vem a srta. Anne. Já a escutei falando na Ilha de Wight, e sei que ela não gosta do norte da Inglaterra. Também sei que ela e a srta. Rhoda já visitaram Devonshire juntas, pois uma vez ouvi as duas contando piadas sobre as colinas e comentando sobre as bonitas praias e enseadas."

O jorro de palavras prosseguia. De vez em quando, o superintendente Battle registrava uma informação no cérebro. Mais tarde, anotou uma ou outra palavra críptica na sua caderneta.

Às oito e meia daquela noite, ele subiu o caminho até a porta de Wendon Cottage.

Quem lhe abriu a porta foi uma jovem alta e morena em um vestido de cretone alaranjado.

– É aqui que mora a srta. Meredith? – indagou o superintendente Battle, com a postura inexpressiva de um soldado.

– Sim, é aqui.

– Eu gostaria de ter uma palavrinha com ela, por favor. Sou o superintendente Battle.

Logo foi brindado com um olhar penetrante.

– Entre – convidou Rhoda Dawes, recuando da soleira da porta.

Anne Meredith bebia uma xícara de café, enrodilhada numa aconchegante poltrona próxima ao fogo. Vestia um pijama de crepe da china todo bordado.

– É o superintendente Battle – anunciou Rhoda, introduzindo o visitante no recinto.

Anne se ergueu e veio recebê-lo com a mão estendida.

– Meio tarde para uma visita – desculpou-se Battle. – Mas eu queria encontrá-la, e o dia esteve magnífico.

Anne sorriu.

– Aceita um café, superintendente? Rhoda, pegue outra xícara.

– É muita bondade sua, srta. Meredith.

– O pessoal sempre diz que nosso café é especial – comentou Anne.

Mostrou uma cadeira, e o superintendente Battle sentou-se. Rhoda trouxe uma xícara, e Anne a encheu de café. O fogo crepitava, e as flores nos vasos deram ao superintendente uma sensação de aconchego.

Atmosfera simples e agradável. Anne parecia dona de si e à vontade, e a outra moça continuava a encará-lo com ávido interesse.

– Estávamos esperando o senhor – disse Anne.

O tom era quase de censura. Parecia dizer: "Por que não veio antes?".

– Sinto muito, srta. Meredith. Ando atolado no serviço de rotina.

– Satisfatório?

– Não em especial. Mas tem que ser feito. Virei o dr. Roberts ao avesso, por assim dizer. Fiz o mesmo com a sra. Lorrimer. E agora estou aqui para fazer o mesmo com a senhorita.

Anne sorriu.

– Estou pronta.

– E quanto ao major Despard? – indagou Rhoda.

– Ah, com ele não será diferente. Posso lhe prometer isso – garantiu Battle.

Pousou a xícara de café e mirou Anne. Ela se aprumou na poltrona.

– Estou preparada, superintendente. O que deseja saber?

– Bem, em linhas gerais, tudo sobre a senhorita, srta. Meredith.

– Considero-me uma pessoa muito respeitável – respondeu Anne com um sorriso.

– Leva uma vida irrepreensível – afirmou Rhoda. – Eu sou testemunha.

– Bem, isso é muito bom – ponderou alegre o superintendente Battle. – Conhece a srta. Meredith há bastante tempo, então?

– Frequentamos a mesma escola – informou Rhoda. – Parece ter sido há séculos, não é mesmo, Anne?

– Faz tanto tempo que a senhorita quase nem se lembra direito, imagino – brincou Battle com uma risadinha. – Muito bem, srta. Meredith, agora temo que vou ser mais ou menos como aqueles formulários que preenchemos para obter passaporte.

– Eu nasci... – começou Anne.

– Num lar pobre, mas honesto – emendou Rhoda.

O superintendente Battle ergueu a mão num sinal levemente reprovador.

– Ora, ora, mocinha – disse ele.

– Rhoda, querida – pediu Anne em tom grave. – Isso é coisa séria.

– Sinto muito – disse Rhoda.

– Muito bem, srta. Meredith, a senhorita nasceu... onde?

– Em Quetta, na Índia.

– Ah, sim. Família ligada ao exército?

– Sim... meu pai, John Meredith, era major. Quando eu tinha onze anos, minha mãe faleceu. Quatro anos depois, papai se aposentou, e fomos morar em Cheltenham. Quando eu completei dezoito anos, ele morreu e praticamente não me deixou dinheiro.

Battle balançou a cabeça com ar solidário.

– Deve ter sido difícil, imagino.

– E como. Eu sempre soube que não éramos ricos, mas descobrir que não tínhamos praticamente nada... é bem diferente.

– Como se virou, srta. Meredith?

– Tive que procurar emprego. Eu não tinha estudado em colégios de renome e era desprovida de habilidades. Não sabia datilografia, taquigrafia nem coisa que o valha. Uma amiga minha em Cheltenham conseguiu um emprego para mim com uma família de amigos... Uma casa com dois meninos pequenos nas férias, e ajuda doméstica em geral.

– Nome, por favor?

– Sra. Eldon. O nome da residência é The Larches, em Ventnor. Trabalhei lá por dois anos, até os Eldon irem morar no exterior. Meu emprego seguinte foi com a sra. Deering.

– Minha tia – interpôs Rhoda.

– Sim, Rhoda conseguiu esse emprego. Fiquei muito feliz. Às vezes, Rhoda aparecia e passava uns dias por lá. A gente se divertia à beça.

– O que fazia lá... Era dama de companhia?

– Sim... Algo parecido com isso.

– Uma espécie de subjardineira – comentou Rhoda. E explicou:

– Minha tia Emily é simplesmente apaixonada por jardinagem. Anne passava a maior parte do tempo capinando inços e transplantando tulipas.

– E a senhorita deixou a sra. Deering?

– A saúde dela piorou, e ela teve que contratar uma enfermeira em tempo integral.

– Ela tem câncer – informou Rhoda. – A coitada precisa tomar morfina e coisas desse tipo.

– Ela me tratou muito bem. Fiquei muito triste por ter que partir – continuou Anne.

– Na época eu procurava um chalé – contou Rhoda – e queria alguém para dividi-lo comigo. Meu pai se casou de novo... Nada pessoal, mas não ia me sentir bem. Pedi a Anne para morar aqui comigo, e desde então ela está aqui.

– Bem, essa parece mesmo uma trajetória irrepreensível – falou Battle. – Só vamos esclarecer bem as datas. Disse que trabalhou dois anos com a sra. Eldon. Falando nisso, qual é o endereço dela agora?

– Ela mora na Palestina. O marido dela tem um cargo governamental por lá... não sei bem qual.

– Isso eu descubro logo. E depois disso a senhorita foi trabalhar com a sra. Deering?

– Fiquei três anos com ela – apressou-se a dizer Anne. – O endereço dela é Marsh Dene, Little Hembury, Devon.

– Entendo – disse Battle. – Então hoje a senhorita tem 25 anos. Ótimo, só quero perguntar mais uma coisa... Nome e endereço de algumas pessoas em Cheltenham que conheceram a senhorita e o seu pai.

Anne forneceu as informações solicitadas.

– E sobre essa viagem à Suíça... na qual acabou conhecendo o sr. Shaitana. Viajou sozinha... ou a srta. Dawes foi junto?

– Fomos juntas. Na verdade, fomos numa turma de oito pessoas.

– Conte sobre como conheceu o sr. Shaitana.

Anne enrugou a testa.

– Não há nada para contar, na realidade. Ele só estava lá. A gente se conheceu como se conhecem pessoas hospedadas no mesmo hotel. Ele ganhou o primeiro lugar no baile à fantasia. Vestiu-se de Mefistófeles.

O superintendente Battle suspirou.

– Sim, esse sempre foi seu personagem favorito.

– Encarnou a fantasia de modo realmente fabuloso – reconheceu Rhoda. – Quase nem precisou de maquiagem.

O olhar do superintendente migrou de uma moça a outra.

– Qual de vocês duas o conheceu melhor?

Anne hesitou. Foi Rhoda quem respondeu.

– No começo, nós duas o conhecemos da mesma forma. Ou seja, muito superficialmente. Sabe, nosso grupo estava lá para esquiar, e todos os dias a gente saía para praticar. E à noite saíamos para dançar. Mas daí Shaitana mostrou interesse por Anne. Ele desviava do caminho só para nos cumprimentar e tudo o mais. A gente pegava no pé dela por causa disso.

– Acho que ele fazia isso só para me irritar – disse Anne. – Porque eu não gostava dele. Acho que ele se divertia por me deixar constrangida.

Rhoda falou com um risinho:

– A gente brincava com Anne dizendo que ele era um bom partido e seria um marido rico. Ela ficava fula da vida conosco.

– Talvez – solicitou Battle – a senhorita possa me fornecer os nomes das pessoas que as acompanharam na viagem.

– Pelo jeito o senhor não confia muito nas pessoas – realçou Rhoda. – Pensa que tudo o que lhe falamos são mentiras deslavadas?

Um brilho divertido cintilou no olhar do superintendente Battle.

– De qualquer modo, vou me certificar de que não sejam – retorquiu.

– O senhor é mesmo desconfiado – afirmou Rhoda.

Ela rabiscou uns nomes num pedaço de papel e entregou a ele.

Battle se levantou.

– Bem, muito obrigado, srta. Meredith – agradeceu. – Como bem disse a srta. Dawes, parece que sua trajetória de vida é mesmo irrepreensível. Não creio que deva se preocupar muito. É estranha a mudança de atitude do sr. Shaitana em relação à senhorita. Que mal lhe pergunte, mas ele não chegou a pedi-la em casamento... ou... ãhn... a importuná-la com atenções de outra espécie?

– Ele não tentou seduzi-la – atalhou Rhoda como quem quer ajudar. – Se é isso que o senhor quer dizer.

Anne ficou envergonhada.

– Nada parecido com isso – explicou ela. – Sempre foi muito educado e... e... formal. Era justamente sua atitude artificial que me incomodava.

– E não dizia nem insinuava alguma coisa?

– Não, pelo menos... não. Ele nunca insinuou coisa alguma.

– Desculpe a pergunta. Esses conquistadores baratos costumam fazer isso. Bem, boa noite, srta. Meredith. Muito obrigado. Café fenomenal. Boa noite, srta. Dawes.

– Pronto – disse Rhoda quando Anne retornou à sala depois de ter acompanhado Battle até a porta. – Acabou, e não foi tão penoso assim. Ele é bonachão e paternal e é evidente que não desconfia nem um pouco de você. Tudo transcorreu ainda melhor do que eu imaginava.

Anne afundou na poltrona com um suspiro.

– Foi fácil até demais – comentou. – Bobagem minha me preocupar. Achei que ele ia tentar me intimidar, como os advogados do rei nas peças teatrais.

– Ele parece sensato – avaliou Rhoda. – Deve ter percebido que você não é o tipo de mulher capaz de assassinar alguém.

Depois de vacilar um instante, acrescentou:

– Puxa, Anne, acabo de lembrar. Você não mencionou o período que trabalhou em Croftways. Por acaso se esqueceu?

Anne disse devagar:

– Achei que não tinha importância. Só fiquei lá poucos meses. E não tem ninguém lá a quem ele possa perguntar sobre mim. Posso escrever e contar a ele se você acha importante, mas eu tenho certeza de que não é. Melhor deixar assim.

– Certo. Não está mais aqui quem falou.

Rhoda se ergueu e ligou o rádio.

Uma voz rouca falou:

– Você acabou de ouvir Black Nubians com a música "Por que você mente para mim, menina?".

Capítulo 15

Major Despard

O major Despard saiu do Albany, virou bruscamente na Regent Street e pulou num ônibus.

O horário era calmo – havia uns poucos gatos-pingados no andar superior. Despard caminhou à frente e sentou-se num dos bancos dianteiros.

Havia subido no ônibus em movimento. Logo o ônibus encostou, recolheu alguns passageiros e se embrenhou de novo Regent Street acima.

Um segundo passageiro galgou os degraus, enveredou ao setor dianteiro do andar superior e sentou-se no banco ao lado. Só o corredor separava os dois passageiros.

Despard ignorou o recém-chegado, mas um tempinho depois uma voz arriscou:

– Do andar de cima do ônibus temos uma boa visão panorâmica de Londres, não é?

Despard virou a cabeça. Por breves instantes permaneceu atônito, até que seu rosto se desanuviou.

– Mil perdões, monsieur Poirot. Não tinha reparado que era o senhor. Sim, tem razão, daqui temos uma boa visão panorâmica. Mas nos velhos tempos era melhor, sem essa gaiola de vidro.

Poirot suspirou.

– *Tout de même*, no mau tempo não era nada agradável ter que subir quando estava lotado lá embaixo. E neste país chove bastante.

– Chuva? Ora, chuva nunca fez mal a ninguém.

– Está enganado – disse Poirot. – Pode causar *fluxion de poitrine.*

Despard sorriu.

– Pelo jeito o senhor pertence à turma dos friorentos, monsieur Poirot.

Poirot estava mesmo bem equipado contra qualquer perfídia de um dia outonal: sobretudo e cachecol.

– Que coincidência topar com o senhor assim – comentou Despard.

Não notou o sorriso oculto pelo cachecol. Não havia nada de coincidência naquele encontro. Tendo estipulado um horário provável para Despard sair de seus aposentos, Poirot ficara esperando por ele. Para despistar, não se arriscou a pular no ônibus em movimento; em vez disso, correu atrás dele e embarcou na parada seguinte.

– É verdade. Não nos vemos desde aquela noite no apartamento do sr. Shaitana – respondeu Poirot.

– Não anda investigando o caso por conta própria? – indagou Despard.

Poirot coçou a orelha com delicadeza e disse:

– Eu reflito. Reflito bastante. Correr para lá e para cá, fazer investigações, isso não. Não combina com a minha idade, nem com meu temperamento e muito menos com a minha constituição física.

Despard disparou de modo inesperado:

– Reflete, hein? Bem, já é alguma coisa. Correria é o que não falta nos dias de hoje. Se as pessoas tivessem paciência e pensassem duas vezes antes de fazer as coisas, o mundo seria menos confuso.

– É assim que o senhor age na vida, major Despard?

– Na maioria das vezes – limitou-se a dizer o outro. – Fixe sua posição, planeje sua rota, pese prós e contras, tome a decisão... e aferre-se a ela.

Apertou a boca numa expressão austera.

– E depois nada é capaz de fazê-lo mudar de ideia, é isso? – indagou Poirot.

– Ah, eu não colocaria dessa maneira. Na vida não há vantagem alguma em ser cabeça-dura. Se você comete enganos, é melhor admiti-los.

– Mas imagino que não cometa enganos com frequência, major Despard.

– Todos nós cometemos enganos, monsieur Poirot.

– Alguns de nós – disse Poirot com certa frieza, possivelmente devido ao pronome usado pelo major – cometem menos enganos que os outros.

Despard mirou-o, sorriu de leve e disse:

– É infalível, monsieur Poirot?

– Já se passaram 28 anos da última vez que falhei – respondeu Poirot com dignidade. – E naquela ocasião houve circunstâncias... mas não vem ao caso.

– Parece um ótimo currículo – disse Despard.

E acrescentou:

– E quanto à morte de Shaitana? Esse episódio não conta, suponho eu, já que oficialmente não lhe diz respeito.

– Não me diz respeito... Mas ofende meu *amour propre*. Sabe, considero uma impertinência um assassinato cometido bem debaixo do meu nariz... Por alguém que caçoa da minha incapacidade de solucioná-lo!

– Não apenas debaixo do *seu* nariz – murmurou Despard em tom seco. – Embaixo do nariz do Departamento de Investigações Criminais.

– Esse erro talvez tenha sido grave – ponderou Poirot com seriedade. – O bom superintendente Battle até parece ser feito de madeira, mas não tem a cabeça oca... nem um pouco.

– Concordo – disse Despard. – Aquele ar meio parvo é pura pose. É um policial muito inteligente e capaz.

– E anda bem envolvido no caso.

– Ah, sim. Não notou aquele sujeito quieto de aparência marcial num dos bancos traseiros?

Poirot espiou por cima do ombro.

– Não há ninguém aqui a não ser nós dois.

– Então está lá embaixo. Nunca me perde de vista. Sujeito eficaz. Modifica a aparência a cada dia. Um mestre do disfarce.

– Ah, mas não o suficiente para enganar seus olhos ligeiros e argutos.

– Nunca esqueço um rosto... nem mesmo um rosto oriental... e isso não é para qualquer um.

– É de alguém assim que eu preciso – disse Poirot. – Que oportunidade, encontrá-lo justo hoje! Preciso de alguém com bons olhos e boa memória. *Malheureusement* é raro os dois andarem juntos. Fiz uma pergunta ao dr. Roberts, sem resultado, e a mesma coisa aconteceu com a madame Lorrimer. Agora, vou tentar com o senhor e ver se alcanço o meu objetivo. Remeta o pensamento à sala em que o senhor jogou cartas na residência do sr. Shaitana, e me diga o que se lembra dela.

Despard pareceu atônito.

– Não estou entendendo.

– Descreva o ambiente... a mobília... a decoração.

– Não creio que possa ser de muita ajuda nisso – começou Despard lentamente. – Sala meio bizarra para o meu gosto... Nada masculina. Muitos brocados, sedas e coisaradas. Tipo da sala que um sujeito como Shaitana teria.

– Mas sendo mais específico...

Despard meneou a cabeça.

– Receio não ter prestado atenção... Havia alguns tapetes de qualidade. Dois Bokhara e três ou quatro persas realmente bons, inclusive um Ramadã e um Tabriz. Bela cabeça de antílope... não, esse troféu estava no hall. Obra de Rowland Ward*, imagino.

– Não acha que o falecido sr. Shaitana fosse capaz de se aventurar em safáris para caçar animais selvagens?

* Renomado taxidermista britânico (1835-1912). (N.T.)

– Ele, não. O negócio dele era alvo fácil, posso apostar. Hum... o que mais havia lá? Sinto decepcioná-lo, mas realmente não consigo ajudar muito. Uma vasta quantidade de badulaques ao redor. Mesas apinhadas de bibelôs de toda espécie. A única coisa que eu notei foi um ícone bem chamativo. Da Ilha da Páscoa, eu diria. Madeira envernizada. Uns itens malaios, também. É, receio não poder ajudar.

– Não tem importância – respondeu Poirot, sem esconder uma ponta de decepção.

E prosseguiu:

– Sabe, a sra. Lorrimer tem esplêndida memória para cartas! Conseguiu me contar o leilão e o carteio de quase todas as mãos. Foi espantoso.

Despard encolheu os ombros.

– Certas mulheres têm esse dom. Talvez porque não façam outra coisa da vida.

– Não conseguiria se lembrar, então?

Com um meneio de cabeça, o outro respondeu:

– Só lembro de uma ou outra mão. Numa eu poderia ter fechado o leilão em ouros... mas Roberts blefou, e eu desisti. Ele acabou não cumprindo o contrato, mas por azar não dobramos. Lembro de um jogo em sem trunfo também. Jogo duro... o carteio foi um desastre. Por sorte, só faltaram duas vazas para cumprir... podia ter sido pior.

– Joga muito bridge, major Despard?

– Não costumo jogar muito, mas é um bom jogo.

– Melhor do que pôquer?

– Para o meu gosto, sim. Pôquer envolve muita aposta.

Poirot disse pensativo:

– Não creio que o sr. Shaitana praticasse algum jogo... pelo menos nenhum jogo de cartas, quero dizer.

– Só há um jogo que Shaitana praticava com consistência – retrucou Despard sombrio.

– E esse seria...

– Um jogo sórdido.

Poirot permaneceu calado por alguns instantes, até dizer:

– Fala isso por que *sabe* de algo? Ou apenas *supõe*?

Despard ficou vermelho.

– Sugere que ninguém deve afirmar nada sem dar detalhes? Suponho que isso seja verdadeiro. Casualmente, eu *sei* detalhes suficientes. Por outro lado, não estou disposto a fornecê-los. Obtive certas informações em âmbito confidencial.

– Ou seja, o assunto envolve uma ou mais mulheres?

– Sim. Shaitana, sendo o cão sujo que era, preferia lidar com mulheres.

– Pensa que ele era chantagista? Ideia interessante.

Despard meneou a cabeça.

– Não, não, o senhor me entendeu mal. De certo modo, Shaitana era chantagista, mas não do tipo comum. Não corria atrás de dinheiro. Era um chantagista espiritual, se é que existe uma coisa dessas.

– E ele ganhava com isso... o quê?

– Diversão. É o único jeito que consigo explicar. Sentia emoção ao ver as pessoas intimidadas e vacilantes. Imagino que isso o fazia se sentir menos piolho e mais ser humano. Comportamento muito eficaz com as mulheres. Só precisava insinuar que sabia de algo... e elas começavam a lhe contar um monte de coisas que ele talvez nem soubesse. Isso provocava o seu senso de humor. Então saía por aí se pavoneando com sua pose mefistofélica: "Sei tudo! Sou o grande Shaitana!". O homem era um símio!

– Então pensa que foi assim que ele assustou a srta. Meredith – sugeriu Poirot com calma.

– A srta. Meredith? – Despard o encarou. – Não estava pensando nela. Não é o tipo de mulher que sentiria medo de um homem como Shaitana.

– *Pardon.* O senhor quis dizer a sra. Lorrimer.

– Não, não, não. O senhor me compreendeu mal. Eu falava em termos gerais. Não seria nada fácil assustar a sra. Lorrimer. E ela não é o tipo de mulher que imaginamos esconder uma culpa secreta. Não, eu não me referia a ninguém em especial.

– Referia-se a um método geral?

– Exato.

– Sem dúvida – comentou Poirot devagar – que esses homens de "sangue latino", como o pessoal costuma dizer, em geral sabem lidar com as mulheres. Shaitana sabe como abordá-las. E ardilosamente extrai segredos delas...

Calou-se.

Despard atalhou impaciente:

– É ridículo. O sujeito era um charlatão... nada existia de realmente perigoso nele. Mas o mulherio o temia. Um temor ridículo.

Ergueu-se num pulo.

– Ops, eu perdi minha parada. Estava muito absorto em nossa conversa. Até a vista, monsieur Poirot. Preste atenção e vai notar minha sombra fiel descer do ônibus junto comigo.

Com passos rápidos rumou até a parte de trás e desceu os degraus. O cordão para avisar o motorista foi puxado, e a campainha soou. Mas o cordão foi acionado de novo antes que o ônibus tivesse tempo de parar.

Baixando o olhar à calçada, Poirot observou Despard caminhando a passos largos. Não se deu o trabalho de acompanhar o sujeito que o seguia. Outra coisa lhe interessava.

– Ninguém em especial – murmurou baixinho. – Ora, ora, isso me faz pensar.

Capítulo 16

Depoimento de Elsie Batt

Entre os colegas da Yard, o sargento O'Connor era conhecido pela indelicada alcunha "O sonho das empregadinhas".

Bonitão, sem dúvida: alto, espadaúdo, peito para fora e barriga para dentro. Mas o que o tornava tão irresistível ao belo sexo não era tanto a simetria das feições, e sim o brilho travesso e intrépido do olhar. Era indubitável: o sargento conquistava bons – e rápidos – resultados.

Tão rápidos que, só quatro dias após o assassinato do sr. Shaitana, lá estava o sargento O'Connor no teatro de revista *Willy Nilly*, no setor de ingressos a três xelins e três pence, ao lado da ex-empregada da sra. Craddock em North Audley Street, 117.

Depois de estabelecer com cuidado a estratégia de abordagem, o sargento O'Connor se preparava para arremeter o ataque principal.

– Isso me faz lembrar – mencionava – do jeito de um antigo patrão meu. O nome dele era Craddock. Um cara meio esquisito.

– Craddock – repetiu Elsie. – Já trabalhei na casa de uns Craddock.

– Puxa, que curioso. Será que não estamos falando da mesma gente?

– Eles moravam na North Audley Street – contou Elsie.

– A família de que falei ia se mudar para Londres quando eu pedi as contas – emendou O'Connor prontamente. – E, se não me engano, *era mesmo* para North Audley Street. A sra. Craddock era da pá virada.

Elsie jogou a cabeça para trás.

– Eu perdia a paciência com ela. Sempre reclamando e resmungando. Nada do que a gente fazia estava certo.

– Também sobrava para o marido dela, não é mesmo?

– Ela vivia se queixando que ele não dava bola pra ela... que não a entendia. E suspirava e gemia e vivia reclamando que andava mal de saúde. Doente uma ova, se quer saber a *minha* opinião.

O'Connor deu um tapa na própria coxa.

– Agora me lembro. Não havia uma história envolvendo ela e um médico? Algo meio íntimo demais?

– Quer dizer o dr. Roberts? Um cavalheiro, sem tirar nem pôr.

– Vocês moças são todas iguais – sentenciou o sargento O'Connor. – É só o sujeito não prestar que se derretem por ele. Conheço a laia.

– Conhece, não. Está muito enganado sobre ele. Não aconteceu nada disso. Por acaso era culpa dele que a sra. Craddock vivia o chamando? O que o senhor ia fazer se estivesse no lugar dele? Sabe de uma coisa? Para mim, ele não dava a mínima para ela, a não ser como paciente. Era tudo coisa da cabeça dela. Não deixava o coitado em paz.

– Tudo muito bonito, Elsie. Não se importa que eu a chame de Elsie, se importa? Tenho a impressão de que nos conhecemos a vida toda.

– Mas não me conhece! Elsie, pois sim.

Ela sacudiu a cabeça.

– Como queira, srta. Batt. – Mirou-a de relance. – Como eu dizia, é tudo muito bonito, mas o marido não gostou nada disso, não é?

– Um dia ele ficou furioso – admitiu Elsie. – Mas, se quer saber a minha opinião, ele já andava meio doente. Morreu logo depois.

– Lembro... morreu de um troço estranho, não é mesmo?

– Algo japonês, parece... uma infecção que ele pegou de um pincel de barba novo. Coisa mais horrível, né? Que falta de cuidado do fabricante! Desde essa época não quero nem ouvir falar de produtos feitos no Japão.

– Compre produtos ingleses! Esse é o meu lema – vaticinou o sargento O'Connor. – Então o marido e o médico tiveram um bate-boca?

Elsie assentiu, divertindo-se ao rememorar escândalos passados.

– Quase foram às vias de fato – disse ela. – Quer dizer, pelo menos o patrão. O dr. Roberts só ficou escutando e comentou: "Bobagem". E depois: "Que tipo de caraminhola o senhor andou enfiando na cabeça?".

– Isso aconteceu na casa, imagino?

– Sim. Ela mandou chamar o médico. Daí ela e o patrão discutiram. Na confusão, chegou o dr. Roberts, e o patrão foi tirar satisfação com ele.

– O que ele disse, mais exatamente?

– Claro, eu não tinha como ouvir. Tudo se passou no quarto da patroa. Pensei que estava acontecendo alguma coisa. Pá e escova na mão, lá fui eu limpar a escadaria. Não ia perder aquilo por nada neste mundo.

Em tom cordial, o sargento O'Connor concordou, refletindo consigo o quanto havia sido correta a decisão de abordar Elsie não oficialmente. Se fosse interrogada pelo sargento O'Connor da polícia, ela teria, muito virtuosa, alegado não ter escutado nada.

– Como eu disse – continuou Elsie –, o dr. Roberts nem abriu o bico. Só ficou lá ouvindo os gritos do patrão.

– O que é que ele dizia? – indagou O'Connor, tocando pela segunda vez no ponto crucial.

– Soltava os cachorros nele – deliciou-se Elsie.

– Como assim?

Será que a moça nunca mencionaria palavras nem frases?

– Bem, não entendi lá muita coisa – admitiu Elsie. – Uma porção de palavras difíceis, tipo "conduta não profissional" e "se aproveitar da situação" e coisas assim... Ah, e eu escutei ele dizendo que ia "cassar o registro dele no conselho"... Algo assim.

– Exato – assentiu O'Connor. – Fazer uma denúncia ao Conselho de Medicina.

– Pois é. Algo parecido. Então a patroa teve um ataque histérico e começou a gritar: "Você nunca se importa comigo. Não me dá atenção. Sempre me deixa jogada às traças". E depois disse que para ela o dr. Roberts era um anjo caído do céu.

"Daí o doutor, pelo que pude notar, puxou o patrão ao quarto de vestir, fechou a porta do quarto de dormir e disse com todas as letras:

"'Meu bom homem, não vê que sua mulher está histérica? Ela não tem noção do que diz. Para ser sincero, o caso dela é complicado, e eu já teria desistido há muito tempo se achasse essa postura com... com..., palavrinha difícil... ah, sim, compatível, isso mesmo, compatível com meu dever'. Bem isso. E algo sobre não ultrapassar os limites entre médico e paciente. Deu um jeito de acalmar o patrão e depois disse:

"'O senhor vai acabar se atrasando pro trabalho. É melhor ir andando. Pense no assunto com calma. Vai ver que tudo não passa de um mal-entendido. Só vou ficar mais um minutinho para lavar minhas mãos antes de sair e visitar o próximo paciente. Pense bem, meu caro. Eu lhe garanto: tudo não passa da imaginação confusa de sua mulher'.

"E o patrão respondeu: 'Não sei o que pensar'.

"E se foi para o trabalho. Claro, eu fingi que escovava os degraus com força, mas ele nem me notou. Mais tarde pensei que ele parecia doente. O doutor ficou lá assobiando lampeiro enquanto lavava as mãos no quarto de vestir, onde havia uma pia de água quente. Dali a pouco saiu com a maleta, falou comigo com a simpatia de sempre e desceu a escadaria na alegria de costume. Sabe, é por isso que eu tenho certeza de que ele não fez nada de errado. Tudo coisa da cabeça dela."

– E pouco depois Craddock pegou antraz?

– Acho que ele já tinha pegado. A patroa cuidou dele dia e noite, mas ele morreu. No funeral tinha cada coroa de flor mais linda.

– E depois disso? O dr. Roberts voltou à casa outra vez?

– Não voltou não, seu bisbilhoteiro! Até parece que tem algo contra ele. Estou dizendo, ele não queria nada com ela. Senão ele teria se casado com ela depois da morte do patrão, né? Mas não se casou. Não ia ser tão besta. Já sabia muito bem como ela era. Ela continuou ligando pra ele, mas acho que ele mandava dizer que não estava. Daí ela vendeu a casa, todo mundo recebeu o aviso prévio, e ela se foi para o Egito.

– E a senhorita não viu mais o dr. Roberts em todo esse tempo?

– Não. Mas *ela* viu. Foi ao consultório tomar... como é que a gente chama mesmo?... Vacina contra febre tifoide. Voltou com o braço bem dolorido. Sabe duma coisa? Para mim, ele deixou bem claro que ela podia tirar o cavalinho da chuva. Tanto que não telefonou mais pra ele e viajou muito lampeira e de guarda-roupa renovado... Tudo roupa clara, bem no meio do inverno! Mas ela disse que lá no Egito era quente e ensolarado.

– E é mesmo – confirmou o sargento O'Connor. – Às vezes, quente até demais, pelo que me disseram. Ela morreu lá. Sabia disso, imagino eu?

– Na verdade, não. Puxa, quem diria! Vai ver ela estava pior do que eu imaginava.

Acrescentou com um suspiro:

– Fico pensando o que será que fizeram com todas aquelas roupas bonitas. Lá o pessoal tem a pele escura, por isso não ia ficar bem neles.

– Ficaria linda nelas, posso apostar – galanteou o sargento O'Connor.

– Abusado – disse Elsie.

– Bem, não vou abusar mais de sua paciência – aproveitou a deixa o sargento O'Connor. – Tenho que viajar a serviço. Missão empresarial.

– Vai ficar muito tempo longe?

– Talvez eu precise ir ao exterior – disse o sargento.

O rosto de Elsie murchou.

Embora não conhecesse o famoso poema de Lorde Byron "Nunca amei uma preciosa gazela" etc., naquela hora seus sentimentos eram iguais aos evocados por esse poema. Pensou consigo: "Engraçado como os bonitos de verdade nunca dão em nada. Mas quem não tem cão, caça com gato: ainda sobra o Fred".

O que vem a ser gratificante, pois demonstra que a repentina incursão do sargento O'Connor na vida de Elsie não a afetou de modo permanente. E talvez "Fred" ainda tenha lucrado com isso!

Capítulo 17

Depoimento de Rhoda Dawes

Rhoda Dawes saiu da loja de departamentos Debenham's e estacou pensativa na calçada, a indecisão estampada no rosto. Um rosto vivo, no qual cada emoção fugaz transparecia num variado leque de expressões passageiras.

Naquele instante, o rosto de Rhoda dizia obviamente: "Devo ou não devo? Eu bem que gostaria... mas talvez seja melhor deixar para lá...".

O porteiro, solícito, perguntou:

– Quer que lhe chame um táxi, senhorita?

Rhoda meneou a cabeça.

Uma senhora corpulenta carregando um monte de embrulhos com a ávida expressão de quem aprecia "antecipar as compras natalinas" esbarrou nela com um olhar severo. Mesmo assim, Rhoda permaneceu estática, tentando tomar uma decisão.

Em sua cabeça pululava uma miscelânea de pensamentos caóticos.

"Afinal, por que não? Ela me convidou... mas talvez tenha o costume de fazer isso sempre, só por polidez... só para dizer que convidou... Em todo caso, Anne não queria minha companhia. Deixou bem claro que preferia ir sozinha, ela e o major Despard, consultar o tal advogado... E ela está certa. Um é pouco, dois é bom, *três é demais*... Além do mais, não é da minha conta... E eu nem queria rever o major Despard *tanto* assim... Mas ele é um doce... Acho que se apaixonou por Anne. Homens não se dão ao trabalho de ajudar, a menos que... quero dizer... nunca é só por delicadeza..."

Um office-boy trombou em Rhoda e disse em tom reprovador:

– Mil perdões, senhorita.

"Ai, meu Deus", pensou Rhoda. "Não posso ficar aqui plantada o dia todo. Ninguém manda ser uma idiota que não consegue se decidir... Aquele trajinho de casaco e saia me caiu muito bem. Será que o marrom não seria mais útil que o verde? Acho que não. Muito bem, vou ou não vou? Três e meia é um bom horário... não vai parecer que estou tentando filar uma refeição ou coisa parecida. Não tenho nada a perder."

Precipitou-se ao outro lado da rua, dobrou primeiro à direita, depois à esquerda e enveredou Harley Street acima. Enfim parou em frente ao conjunto de prédios residenciais sempre descritos com bom humor pela sra. Oliver como "cercados de casas geriátricas por todos os lados".

"Bem, ela não vai me engolir", pensou Rhoda, e dirigiu-se convicta ao condomínio.

A sra. Oliver morava na cobertura. Um ascensorista uniformizado conduziu-a com presteza prédio acima e a desembarcou num capacho chique defronte uma reluzente porta verde.

"Que situação", pensou Rhoda. "Pior que ir ao dentista. Agora vou até o fim."

Vermelha de vergonha, ela apertou a campainha.

A porta foi aberta por uma empregada de meia-idade.

– Por gentileza... a sra. Oliver está em casa? – indagou Rhoda.

A empregada retrocedeu; Rhoda entrou e foi levada a uma sala de visitas muito bagunçada. A empregada disse:

– Como é o seu nome, por favor?

– Ah... é.. srta. Dawes... srta. Rhoda Dawes.

A empregada retirou-se. Depois de transcorrido o que a Rhoda pareceu um século, mas na verdade não passou de um minuto e 45 segundos, a empregada voltou.

– Queira me acompanhar, senhorita.

Mais vermelha do que nunca, Rhoda a seguiu. Dobrando no fim de um corredor, uma porta foi aberta. Nervosa, penetrou no que à primeira vista pareceu a seus olhos aturdidos uma selva africana!

Pássaros... um festival de pássaros, araras, papagaios e outras espécies ainda não descritas pela ornitologia emaranhava-se no que parecia ser uma floresta virgem. No meio desse animado tumulto de pássaros e plantas, Rhoda vislumbrou uma mesa de cozinha em más condições. Em cima da mesa, uma máquina de escrever. Espalhadas no chão, montanhas de folhas datilografadas. A sra. Oliver, o cabelo todo desgrenhado, ergueu-se de uma cadeira de aparência um tanto periclitante.

– Minha querida, que bom ver você – saudou a sra. Oliver, estendendo a mão toda manchada de papel-carbono enquanto tentava com a outra mão alisar a cabeleira, procedimento virtualmente impossível.

Um saco de papelão, tocado por seu cotovelo, caiu da mesa, e maçãs rolaram com ímpeto pelo chão.

– Não se incomode, meu bem, não se incomode. Qualquer hora alguém junta.

Ofegante, Rhoda ergueu-se abraçando cinco maçãs.

– Obrigada... não, melhor não colocá-las de novo no saco. Acho que está furado. Deixe-as no consolo da lareira. Isso mesmo. Agora, sente-se e vamos conversar.

Rhoda aceitou a oferta de uma segunda cadeira em estado precário e cravou o olhar na anfitriã.

– A senhora me desculpe eu aparecer assim. Estou atrapalhando ou algo parecido? – indagou, esbaforida.

– Sim e não – explicou a sra. Oliver. – *Estou* trabalhando, como pode notar. Mas aquele horrível finlandês que eu inventei se meteu numa confusão danada. Conseguiu fazer uma brilhante dedução com base num prato de vagem e acabou detectando veneno fatal no recheio de sálvia e cebola do ganso assado no dia de são Miguel. Só que acabo de lembrar que em 29 de setembro não é mais época de vagens frescas.

Empolgada por essa espiada nas entranhas do mundo ficcional detetivesco, Rhoda comentou sem fôlego:

– Pode ser vagem em conserva.

– Claro – disse a sra. Oliver não muito convencida. – Mas daí perde a graça. Sempre fico enredada em questões de horticultura e assuntos semelhantes. O público me escreve dizendo que eu misturo flores que não combinam. Como se isso tivesse alguma importância... E, afinal, elas se misturam nas floriculturas de Londres.

– Claro que não importa – concordou lealmente Rhoda. – Ah, sra. Oliver, deve ser maravilhoso escrever.

A sra. Oliver esfregou a testa com um dedo manchado de carbono e disse:

– Por quê?

– Ora – respondeu Rhoda um tanto surpresa –, porque sim. Deve ser maravilhoso simplesmente se sentar e escrever um livro de cabo a rabo.

– O processo não é bem esse – observou a sra. Oliver. – A pessoa tem que *quebrar a cabeça*, sabe. E quebrar a cabeça é sempre cansativo. Tudo tem que ser planejado. E de vez em quando a gente empaca e tem a sensação de que nunca vai sair da enrascada... até que consegue! Escrever não é um prazer especial. É um trabalho tão árduo como qualquer outro.

– Não parece trabalho – comentou Rhoda.

– Não parece – rebateu a sra. Oliver –, pois *você* não tem a obrigação de escrever! Para mim parece um trabalho e tanto. Certos dias só consigo ir adiante porque repito comigo mesma a toda hora o quanto vou ganhar pelos direitos autorais. Serve de estímulo, sabe. Ah, e também se dar conta de que a conta bancária está no vermelho.

– Nunca imaginei que a senhora mesma datilografasse seus livros – comentou Rhoda. – Eu pensava que a senhora tivesse uma secretária.

– Eu tinha uma secretária e experimentei ditar para ela, mas ela era tão competente que me deixava deprimida. Dava a impressão de que o inglês dela era bem melhor do que o meu. Ela dominava melhor tanto a gramática quanto a pontuação, sabia usar inclusive ponto e vírgula! Aquilo me dava complexo de inferioridade. Então experimentei uma secretária desastrada, mas é claro que isso também não funcionou.

– Deve ser maravilhoso ser capaz de imaginar coisas – disse Rhoda.

– Sempre consigo imaginar coisas – concordou a sra. Oliver com alegria. – Pôr essas coisas no papel é que é tão cansativo. Sempre acho que está terminado e quando vou contar descubro que só escrevi trinta mil palavras em vez de sessenta mil. Então tenho que inventar outro assassinato e um novo rapto da heroína. Um tédio sem tamanho.

Rhoda não respondeu. Fitava a sra. Oliver com a admiração que os jovens sentem pelas celebridades – levemente frustrada.

– Gosta do papel de parede? – indagou a sra. Oliver num aceno de mão confiante e alegre. – Sou fanática por aves. O verde simula a folhagem tropical. Sinto-me no meio de um dia tórrido, mesmo num frio de bater os dentes. Só consigo trabalhar me sentindo bem aquecida. Mas Sven Hjerson quebra o gelo na banheira todas as manhãs!

– Acho tudo maravilhoso – disse Rhoda. – E é muita bondade sua dizer que não a estou interrompendo.

– Que tal um intervalo para um café com torradas? – sugeriu a sra. Oliver. – Café bem forte e torradas bem quentinhas. Posso consumir isso a qualquer hora do dia.

Foi até a porta, abriu-a e gritou. Logo retornou e disse:

– O que a traz à cidade? Compras?

– Sim, estive fazendo umas comprinhas.

– A srta. Meredith veio junto?

– Sim, ela foi consultar um advogado em companhia do major Despard.

– Advogado? É mesmo?

As sobrancelhas da sra. Oliver se ergueram com ar indagador.

– Sim. Sabe, o major Despard fez questão que ela contratasse um. Ele tem sido muito gentil... gentil mesmo.

– Eu também fui gentil – disse a sra. Oliver –, mas parece que não funcionou lá muito bem, não é? Acho que sua amiga não gostou da minha visita.

– Ai, não diga isso. – Rhoda se remexeu na cadeira numa crise de constrangimento. – Justo por isso eu quis vir aqui hoje: para explicar. Notei que a senhora entendeu mal. Ela pareceu muito mal-educada, mas não foi a senhora, sabe? Quero dizer, não foi sua vinda que a deixou daquele jeito. Foi algo que a senhora disse.

– Algo que eu *disse*?

– Sim. A senhora nem percebeu, é claro. Foi só um azar.

– O que foi que eu disse?

– Nem espero que se lembre, também. Foi só o jeito como a senhora falou. Algo sobre acidente e veneno.

– Eu falei isso?

– Eu podia jurar que a senhora nem se lembrava. Sim, uma vez Anne já passou por uma experiência terrível. Trabalhou numa casa em que a patroa tomou veneno. Tinta de pintar chapéu, se não me engano. Achou que era outra coisa e morreu. Lógico, isso deixou Anne muito impressionada. Não suporta pensar e muito menos falar no assunto. E o seu comentário, claro, a fez se lembrar dele. Então ela fechou a cara e ficou toda séria e estranha como sempre fica ao se lembrar disso. E eu vi que a senhora notou. Eu não podia dizer nada na frente dela. Mas eu faço questão que a senhora saiba que não foi bem assim. Ela não é ingrata.

A sra. Oliver olhou para o rosto ansioso e corado de Rhoda. Falou devagar:

– Entendo.

– Anne é incrivelmente perceptiva – mencionou Rhoda. – E encarar as coisas... bem, não é o forte dela. Se algo a incomoda, ela prefere não tocar no assunto, mesmo que no fundo isso não leve a nada. Pelo menos é o que eu penso. As coisas não mudam se a gente fala ou deixa de falar nelas... Não passa de fuga tentar fingir que elas não existem. Prefiro falar abertamente, por mais doloroso que possa ser.

– É... – murmurou a sra. Oliver. – Mas você, minha querida, tem a fibra de um soldado. A sua amiga Anne não.

Rhoda corou.

– Anne é um amor.

A sra. Oliver sorriu e disse:

– Não disse que não é. Só não tem o mesmo tipo especial de coragem que você.

Suspirou e em seguida interpelou a moça de modo inesperado:

– Acredita ou não no valor da verdade, minha querida?

– É claro que acredito na verdade – respondeu Rhoda com o olhar fixo.

– Sim, é o que você diz... mas talvez tenha dito sem pensar direito. A verdade às vezes magoa... e destrói nossas ilusões.

– Prefiro sempre a verdade, doa a quem doer – enfatizou Rhoda.

– Eu também. Mas não sei se isso é inteligente de nossa parte.

Rhoda comentou com franqueza:

– Não vá contar a Anne que eu lhe disse, certo? Ela não iria gostar.

– Jamais sonharia em fazer uma coisa dessas. Isso aconteceu há muito tempo?

– Há uns quatro anos. Esquisito, não é mesmo, que sempre a mesma coisa volte a acontecer na vida das pessoas. Uma tia minha sempre estava a bordo de navios que naufragavam. E já é a segunda vez que Anne se envolve com mortes súbitas... Claro, só que desta vez é bem pior. Assassinato é sempre horrível, não é?

– E como.

O café preto e as torradas quentes com manteiga apareceram naquele minuto.

Rhoda bebeu e comeu com satisfação infantil. Era muito empolgante compartilhar assim de uma refeição íntima com uma celebridade.

Quando terminaram, ela se levantou e disse:

– Espero não ter interrompido seu traballho por muito tempo. Não se importaria... quero dizer, não se importaria se eu trouxesse um de seus livros para ser autografado?

A sra. Oliver caiu na risada.

– Ora, posso fazer ainda melhor. – Abriu um armário no fundo da sala. – Qual deles prefere? Meu predileto é *O caso do segundo peixe dourado*. Não tem tantas bobagens como os outros.

Um tanto chocada ao ouvir uma autora descrever assim a própria obra, Rhoda aceitou ansiosa a oferta. Oliver pegou o livro, abriu, autografou com um supremo floreado de letra e entregou-o a Rhoda.

– Prontinho.

– Muito obrigada. Eu me diverti bastante. Jura que minha visita não atrapalhou?

– Eu queria que você viesse – revelou a sra. Oliver.

Acrescentou depois de ligeira pausa:

– Você é uma boa moça. Adeus. Cuide-se, querida.

“Ora, por que cargas d’água eu falei aquilo?”, murmurou ela consigo quando a porta se fechou atrás da visitante.

Balançou a cabeça, desmanchou o cabelo e voltou às magistrais peripécias de Sven Hjerson com o recheio de sálvia e cebola.

Capítulo 18

Interlúdio para o chá

A sra. Lorrimer saiu de uma certa porta na Harley Street.

Permaneceu por alguns instantes no alto dos degraus e logo desceu a escada sem pressa.

Trazia uma curiosa expressão no rosto – mescla de firmeza sombria e estranha indecisão. Inclinou um pouco as sobrancelhas, como quem se concentra num problema absorvente.

Foi então que avistou Anne Meredith no outro lado da rua.

Parada, Anne mirava um imponente prédio residencial situado na esquina.

A sra. Lorrimer vacilou um pouco e em seguida atravessou a rua.

– Como vai, srta. Meredith?

Anne levou um susto e se virou.

– Ah, como vai a senhora?

– Ainda em Londres? – indagou a sra. Lorrimer.

– Não. Só vim passar o dia. Assuntos jurídicos.

Continuava olhando de soslaio o imponente prédio residencial.

A sra. Lorrimer perguntou:

– Algum problema?

Anne teve um sobressalto de culpa.

– Problema? Ah, não, que problema haveria?

– Parecia pensar em algo.

– Não pensava em nada... quer dizer, pelo menos em nada de importante. Só uma bobagem. – Deu uma risadinha e prosseguiu: – Só pensei ter visto minha amiga... a moça com quem moro... entrar ali. Fiquei me perguntando se ela não resolveu fazer uma visitinha à sra. Oliver.

– É ali que a sra. Oliver mora? Eu não sabia.

– Sim. Ela foi nos visitar esses dias. Deixou o endereço dela e nos convidou para aparecer quando a gente quisesse. Fiquei curiosa para descobrir se foi mesmo Rhoda quem eu vi entrar lá.

– Quer ir até lá e verificar?

– Não, acho melhor não.

– Venha comigo tomar um chá – convidou a sra. Lorrimer. – Conheço uma confeitaria pertinho daqui.

– É muita bondade sua – hesitou Anne.

Lado a lado, as duas desceram a rua e enveredaram numa rua transversal. Numa pequena pastelaria, as duas pediram chá e muffins.

Não conversaram muito. Cada uma parecia à vontade com o silêncio da outra.

De súbito, Anne fez uma pergunta:

– A sra. Oliver a procurou?

A sra. Lorrimer balançou a cabeça.

– Ninguém foi me procurar a não ser o monsieur Poirot.

– Não quis me referir ao... – começou Anne.

– Não quis? Achei que sim – disse a sra. Lorrimer.

A moça ergueu os olhos – um olhar ligeiro e assustado. Algo no rosto da sra. Lorrimer a deixou tranquilizada.

– Ele não me visitou – disse ela devagar.

Seguiu-se uma pausa.

– O superintendente Battle não foi visitá-la? – quis saber Anne.

– Ah, claro que foi – disse a sra. Lorrimer.

Anne comentou hesitante:

– Que tipo de pergunta ele fez?

A sra. Lorrimer suspirou com ar cansado.

– As perguntas de sempre, imagino. Sindicâncias de rotina. Ele se comportou de modo bem agradável durante todo o tempo.

– Calculo que ele já tenha interrogado os outros.

– É bem provável.

Seguiu-se nova pausa.

Anne indagou:

– Sra. Lorrimer, será que... algum dia vão descobrir o assassino?

Mirou o prato, cabisbaixa. Não percebeu a curiosa expressão com que a mulher mais velha a observou.

A sra. Lorrimer respondeu tranquila:

– Não sei...

Anne murmurou:

– Não é lá muito agradável, não é?

Ainda com aquela mescla curiosa de avaliação e complacência no olhar, a sra. Lorrimer perguntou:

– Que idade você tem, Anne?

– Eu... eu? – balbuciou a moça. – Tenho 25.

– E eu, 63 – disse a sra. Lorrimer.

Continuou sem pressa:

– Você tem a vida toda pela frente...

Anne estremeceu.

– No caminho de casa posso ser atropelada por um ônibus – ponderou.

– Sim, é verdade. E eu... talvez não.

Falou aquilo de um jeito estranho. Anne fitou-a com espanto.

– A vida é complicada – sentenciou a sra. Lorrimer. – Vai descobrir isso quando chegar à minha idade. Exige coragem infinita e extrema resiliência. E no final a gente se pergunta: "Será que vale a pena?".

– Ai, *não* fale assim – disse Anne.

A sra. Lorrimer riu, recuperando o pragmatismo de costume.

– Não leva a nada dizer coisas sombrias sobre a vida – disse ela.

Chamou a garçonete e acertou a conta.

Enquanto saíam pela porta da confeitaria, um táxi descia a rua devagar, e a sra. Lorrimer acenou para ele.

– Quer uma carona? – ofereceu. – Vou até o lado sul do parque.

O rosto de Anne iluminou-se.

– Não, obrigada. Acabo de ver minha amiga dobrando a esquina. Muito obrigada, sra. Lorrimer. Adeus.

– Adeus. E boa sorte – desejou a sra. Lorrimer.

O táxi partiu, e Anne correu à frente.

O rosto de Rhoda brilhou ao ver a amiga e logo mudou para uma expressão levemente culpada.

– Rhoda, foi visitar a sra. Oliver? – quis saber Anne.

– Bem, para ser sincera, sim.

– E eu peguei você no flagrante.

– Não sei o que você quer dizer com pegar no flagrante. Vamos indo até a parada de ônibus. Você bem que andava entretida com o seu amiguinho. Por sinal, achei que ele ao menos ia lhe oferecer um chá.

Anne calou-se por um breve instante, com uma voz ecoando no ouvido.

"Que tal a gente pegar sua amiga onde quer que ela esteja e tomarmos um chá todos juntos?"

E a resposta dela, açodada, sem se permitir tempo para pensar:

"Muitíssimo obrigada, mas já marcamos um chá com outro pessoal".

Mentirinha... e das mais bobas. Temos a mania tola de dizer a primeira coisa que dá na telha sem parar para pensar. Não custava nada ter dito: "Obrigada, mas minha amiga vai tomar chá em outro lugar". Ou melhor, isso se ela não quisesse, como era o caso, a companhia de Rhoda.

Que coisa estranha, aquilo. Não querer a companhia de Rhoda. Quisera, sem dúvida, ficar com Despard só para si. Sentira ciúmes. Ciúmes de Rhoda. Rhoda era tão envolvente, tão falante, tão cheia de vida e entusiasmo. Naquela outra tarde, o major Despard dera a impressão de que havia gostado de Rhoda. Mas tinha sido ela, Anne Meredith, que ele fora procurar. Rhoda era assim. Mesmo sem querer, deixava a gente em segundo plano. Impossível negar: ela não quisera a presença de Rhoda.

Mas ela não soubera conduzir o assunto, saindo pela tangente daquele modo. Se tivesse agido melhor, agora estaria sentada em companhia do major Despard no clube dele ou em outro lugar.

Era inegável que Rhoda a irritava. Rhoda era um estorvo. E por que motivo afinal ela resolveu visitar a sra. Oliver?

Em voz alta disse:

– O que foi fazer na sra. Oliver?

– Bem, ela nos convidou.

– Não pensei que fosse para valer. Achei que fosse costume dela.

– Mas era para valer. Ela foi incrivelmente agradável... Não poderia ter sido mais agradável. Ganhei um livro autografado. Olha só.

Rhoda brandiu o troféu.

Anne falou desconfiada:

– No que vocês duas falaram? Em mim?

– Olhe só a presunção da menina!

– Não é nada disso. Mas vocês falaram sobre o... o assassinato?

– Sobre assassinatos em geral. Ela está escrevendo um livro em que há veneno no recheio de sálvia e cebola. Foi muito humana... disse que escrever é um trabalho dificílimo e contou como se atrapalha no meio das tramas. Tomamos café preto e comemos torrada quentinha com manteiga – finalizou Rhoda numa manifestação repentina e triunfante.

Depois acrescentou:

– Ah, Anne, você quer tomar o seu chá.

– Não, não quero. Já tomei. Com a sra. Lorrimer.

– A sra. Lorrimer? Não é aquela que... aquela que estava lá?

Anne balançou a cabeça em afirmação.

– Onde a encontrou? Foi até a casa dela?

– Não. Encontrei-me com ela na Harley Street.

– Como ela estava?

Anne respondeu com lentidão:

– Não sei... Meio esquisita. Bem diferente da outra noite.

– Ainda acha que foi ela? – quis saber Rhoda.

Anne ficou em silêncio por alguns instantes. Até que disse:

– Não sei. Não vamos falar nisso, Rhoda! Sabe o quanto eu odeio falar nessas coisas.

– Tudo bem, querida. Que tal era o advogado? Bem seco e burocrático?

– Muito atento e judeu.

– Parece bom. – Esperou um pouco e disse: – Como vai o major Despard?

– Amável como sempre.

– Ele está apaixonado por você, Anne. Tenho certeza.

– Rhoda, não fale asneira.

– Bem, você vai ver.

Rhoda começou a cantarolar com os lábios fechados. Pensou: "Claro que ele está caído por ela. Anne é linda. Mas meio sem sal... Jamais o acompanharia nas aventuras. Puxa vida! Ela ia gritar só de ver uma cobra... Os homens sempre se interessam por mulheres inadequadas".

Então disse em voz alta:

– Aquele ônibus vai até a estação Paddington. Vamos pegar o trem das 16h48.

Capítulo 19

Troca de ideias

O telefone tocou no quarto de Poirot. Uma voz respeitosa falou:

– Aqui é o sargento O'Connor. O superintendente Battle manda seus cumprimentos. Seria possível o sr. Hercule Poirot vir à Scotland Yard às 11h30?

Poirot deu uma resposta afirmativa, e o sargento O'Connor desligou.

Às 11h30 em ponto, Poirot apeou do táxi na porta da Nova Scotland Yard – para ser prontamente abordado pela sra. Oliver.

– Monsieur Poirot, que maravilha! Veio me salvar?

– *Enchanté*, madame. Se estiver a meu alcance.

– Pague o meu táxi. Não sei o que aconteceu, mas na pressa peguei a bolsa em que guardo o dinheiro estrangeiro, e o taxista não quer nem saber de aceitar francos, nem liras, nem marcos!

Poirot galantemente puxou do bolso uns trocados e, pouco depois, ele e a sra. Oliver entraram juntos no prédio.

Os dois foram conduzidos à sala particular do superintendente Battle. Sentado atrás da mesa, ele ostentava uma expressão mais impassível do que nunca.

– Parece um exemplar de escultura moderna – sussurrou a sra. Oliver a Poirot.

Battle ergueu-se, apertou a mão dos dois e pediu que sentassem.

– Achei que era hora de uma reuniãozinha – disse Battle. – Vão gostar de saber os meus progressos, e eu de saber os seus. É só chegar o coronel Race e então...

Mas naquele exato instante a porta se abriu, e o coronel apareceu.

– Desculpe o atraso, Battle. Como vai, sra. Oliver. Olá, monsieur Poirot. Sinto muito se os deixei esperando. Mas vou partir amanhã e tenho uma porção de coisas para providenciar.

– Para onde o senhor vai? – quis saber a sra. Oliver.

– Uma pequena viagem para treinar a mira... nas bandas do Baluquistão.

Poirot disse com um sorriso irônico:

– Aquela região anda meio tumultuada, não é? Vai precisar tomar cuidado.

– Pretendo – Race retorquiu sério, mas sorrindo com os olhos.

– Descobriu alguma coisa para nós? – indagou Battle.

– Consegui as informações solicitadas sobre Despard. Aqui estão...

Empurrou um dossiê à frente na mesa.

– Há um grande volume de datas e locais aí. A maior parte é irrelevante, imagino eu. Nada contra ele. É um sujeito determinado. Ficha corrida ilibada. Adepto rigoroso da disciplina. Conquista a simpatia e a confiança dos nativos por onde passa. Na África, onde gostam de atribuir alcunhas compridas e complicadas às pessoas, ele é conhecido como "o homem que mantém a boca calada e avalia com justiça". A opinião consensual entre os brancos é que Despard é um *pukka sahib*. Tiro certeiro. Cabeça fria. Um sujeito que enxerga longe e em quem se pode confiar.

Sem se comover com a rasgação de seda, Battle indagou:

– Alguma morte súbita conectada a ele?

– Dediquei atenção especial a esse ponto. Há um corajoso salvamento creditado a ele. Um amigo mutilado por um leão.

Battle suspirou.

– Não é de salvamentos que eu preciso.

– É um sujeito persistente, Battle. Só descobri um mísero incidente que talvez se encaixe nessa abordagem. Jornada ao centro da América da Sul. Despard acompanhou o professor Luxmore, o famoso botânico, e a sra. Luxmore. O professor morreu de malária e foi enterrado em algum lugar subindo o rio Amazonas.

– Malária, é mesmo?

– Malária. Mas vou jogar limpo com o senhor. Um dos carregadores nativos, que, aliás, foi despedido por roubo, relatou que o professor não morreu doente e sim baleado. O boato nunca foi levado a sério.

– Antes tarde do que nunca, talvez.

Race meneou a cabeça.

– Eu lhe dei os fatos. O senhor os solicitou e tem o direito de interpretá-los. Mas não aposto minhas fichas em Despard como o autor do serviço sujo aquela noite. É um homem decente.

– Incapaz de cometer assassinato, quer dizer?

O coronel Race hesitou.

– Sim... incapaz daquilo que eu chamaria de assassinato – disse ele.

– Mas não incapaz de matar um homem por motivos que considerasse bons e justificados, não é?

– Nesse caso, os motivos *seriam* bons e justificados!

Battle meneou a cabeça.

– Não é aceitável que seres humanos julguem outros seres humanos e façam justiça com as próprias mãos.

– Mas isso acontece, Battle... isso acontece.

– Não deveria acontecer... é o que eu quero dizer. O que acha, monsieur Poirot?

– Concordo com o senhor, Battle. Sempre reprovei assassinatos.

– Que modo deliciosamente divertido de se expressar – comentou a sra. Oliver. – Parece que estamos falando de caça à raposa ou da matança de águias-pescadoras para fazer chapéus. Não acha que certas pessoas merecem ser assassinadas?

– Isso é bem possível.

– Mas então!

– A senhora não entende. Não é a vítima que me preocupa. É o efeito na personalidade do matador.

– E quanto às guerras?

– Na guerra, o soldado não exercita o livre-arbítrio. *Isso* que é tão perigoso. Assim que alguém se impregna da ideia de que sabe quem merece viver ou morrer... então está a meio caminho de se tornar o tipo mais perigoso de assassino: o criminoso arrogante que não mata por lucro, mas por capricho. Usurpa as funções de *le bon Dieu*.

O coronel Race se levantou:

– Sinto, mas não posso ficar mais tempo. Tenho muito a fazer. Gostaria de acompanhar esse caso até o fim. Não vou ficar surpreso se nunca houver um fim. Mesmo se o senhor descobrir quem foi, vai ser quase impossível provar. Forneci os dados que o senhor desejava, mas a meu ver Despard não é o assassino. Não acredito que algum dia ele tenha cometido assassinato. Shaitana pode ter escutado algum boato fantasioso sobre a morte do professor Luxmore, mas não creio que haja algo mais do que isso. Despard é um homem decente, e não creio que ele jamais tenha sido um assassino. É a minha opinião. E conheço um bocado a natureza humana.

– Como é a sra. Luxmore? – indagou Battle.

– Ela mora em Londres, então o senhor pode chegar a suas próprias conclusões. Vai encontrar o endereço dela no dossiê. Algum lugar de South Kensington. Mas repito: Despard não é o culpado.

O coronel Race deixou a sala com as passadas elásticas e silenciosas de um caçador.

Pensativo, Battle meneou a cabeça quando a porta se fechou atrás dele.

– É bem provável que ele tenha razão – ponderou. – Race conhece bem os seres humanos. Mas claro que não podemos tomar isso como certo.

Folheou o volumoso dossiê depositado por Race em cima da mesa, ocasionalmente fazendo anotações a lápis num bloquinho.

– Bem, superintendente Battle – incentivou a sra. Oliver. – Não vai nos contar a quantas anda a sua investigação?

Ele ergueu o olhar e abriu um sorriso vagaroso que crispou o rosto impassível de um lado a outro.

– Esse procedimento é muito irregular, sra. Oliver. Espero que se dê conta disso.

– Bobagem – retrucou a sra. Oliver. – Não acredito nem por um segundo que o senhor vá nos contar coisas que não queira.

Battle meneou a cabeça.

– Não – disse ele em tom decidido. – Cartas na mesa. Esse é o lema para esse caso. Quero jogar limpo.

A sra. Oliver puxou a cadeira mais para perto.

– Conte para a gente – implorou ela.

O superintendente Battle começou devagar:

– Em primeiro lugar, vou esclarecer o seguinte: quanto ao assassinato real do sr. Shaitana, continuo na mesma. Nenhuma pista ou indicação de qualquer espécie foi encontrada nos papéis dele. Sobre os outros quatro, como seria natural, estão sendo seguidos de perto e secretamente, mas sem quaisquer resultados tangíveis. Como disse o monsieur Poirot, só há uma esperança: o passado. Descobrir que crime exatamente, se é que há algum crime, afinal de contas, Shaitana pode ter exagerado só para impressionar o monsieur Poirot, essas pessoas cometeram. E esse crime pode nos revelar quem cometeu este novo crime.

– E o senhor descobriu alguma coisa?

– Tenho uma linha de abordagem para um deles.

– Quem?

– O dr. Roberts.

A sra. Oliver fitou-o num êxtase de avidez.

– Como o monsieur Poirot já sabe, experimentei tudo que é tipo de teoria. Estabeleci com clareza que nenhum parente direto dele sofreu morte súbita. Explorei cada beco o melhor que pude, e a coisa toda se resume a uma só possibilidade... e bem remota, diga-se de passagem. Há poucos anos, Roberts talvez tenha sido culpado de comportamento moralmente inaceitável, para dizer o mínimo, com uma de suas pacientes. Na verdade talvez não tenha acontecido nada... é bem possível que não. Mas a mulher era do tipo histérico e passional, que gosta de fazer escândalo. O fato é que ou o marido ficou sabendo do que acontecia ou a esposa "confessou". De qualquer modo, a coisa ficou ruça para o lado do médico. O marido enraivecido ameaçou denunciá-lo ao Conselho de Medicina... Isso provavelmente significaria a derrocada de sua carreira profissional.

– O que aconteceu? – indagou a sra. Oliver sem fôlego.

– Ao que consta, Roberts conseguiu acalmar o cavalheiro furioso temporariamente... e ele morreu de antraz pouco depois.

– Antraz? Mas não é uma doença de gado bovino?

O superintendente abriu um sorriso cáustico.

– Está absolutamente certa, sra. Oliver. Não foi um insondável veneno usado na ponta das flechas de indígenas sul-americanos! Deve se lembrar que houve um princípio de pânico devido a pincéis de barbear de qualidade duvidosa por volta dessa mesma época. Ficou provado que o pincel de barba de Craddock havia sido a causa da infecção.

– Foi o dr. Roberts que o atendeu?

– Ah, não. Muito esperto para isso. De qualquer modo, imagino que o próprio Craddock não gostaria de consultar Roberts. A única prova que eu tenho, e isso é muito pouco, é que entre os pacientes do doutor *há registro* de um caso de antraz na época.

– Quer dizer que o doutor infectou o pincel de barba?

– Essa é ideia. E, vamos deixar bem claro, não passa de uma ideia. Nada de prático para se basear. Pura suposição. Mas é possível.

– E depois disso ele não se casou com a sra. Craddock?

– Não, minha nossa... Acho que ele não correspondia ao afeto da dama. Consta que ela ficou zangada, mas de repente partiu muito faceira ao Egito passar o inverno. Morreu lá. Caso mal-explicado de infecção generalizada. Tem um nome difícil, mas imagino que não diga muito para vocês. Raríssima por aqui, mas bastante comum entre os nativos do Egito.

– Então o doutor não poderia tê-la envenenado?

– Não sei – ponderou Battle calmamente. – Troquei umas ideias com um bacteriólogo amigo meu... Não há coisa mais difícil do que conseguir respostas objetivas desse pessoal. Nunca dizem sim ou não. É sempre "isso é possível sob certas condições"... "depende da condição patológica do infectado"... "há relatos de casos parecidos"... "depende muito do organismo de cada um"... esse tipo de coisa. Mas, pelo que pude depreender de tudo o que meu amigo disse, o patógeno, ou melhor, os patógenos, imagino eu, podem ter sido introduzidos no sangue antes da viagem. Os sintomas demorariam um tempo para aparecer.

Poirot perguntou:

– A sra. Craddock foi vacinada contra a febre tifoide antes de embarcar ao Egito? A maioria das pessoas é, imagino.

– Acertou em cheio, monsieur Poirot.

– E foi o dr. Roberts quem aplicou a vacina?

– Exato. Mas de novo... não podemos provar nada. Como de praxe, ela recebeu as duas doses de vacina... e para todos os efeitos elas podem ter sido vacinas contra a febre tifoide. Ou uma delas pode ter sido contra tifoide e a outra... algo diferente. Não sabemos. Nunca vamos saber. A coisa toda é puramente hipotética. Tudo o que sabemos é: pode ter sido.

Poirot assentiu, pensativo.

– Isso combina muito bem com certas observações feitas pelo sr. Shaitana numa conversa que teve comigo. Ele exaltava o assassino bem-sucedido... a pessoa cujo crime não poderia ser provado.

– Como é que o sr. Shaitana ficou sabendo desses crimes, então? – questionou a sra. Oliver.

Poirot encolheu os ombros.

– Isso jamais vamos saber. Ele próprio esteve no Egito certa ocasião. Sabemos disso porque ele se encontrou com a sra. Lorrimer por lá. Pode ter ouvido comentários de algum médico local sobre características curiosas do caso da sra. Craddock... dúvidas sobre como surgiu a infecção. Depois podem ter chegado aos ouvidos dele rumores sobre Roberts e a sra. Craddock. Pode ter se divertido consigo mesmo ao tecer um comentário enigmático ao médico e notado a aturdida compreensão em seu olhar... São coisas que ninguém jamais vai saber. Certas pessoas têm o inusitado dom de adivinhar segredos. O sr. Shaitana era uma dessas pessoas. Tudo isso não nos diz respeito. Basta dizermos: ele adivinhou. Mas será que adivinhou certo?

– Bem, acho que sim – ponderou Battle. – Tenho a sensação de que nosso médico bonachão e cordial não é assim tão escrupuloso. Já conheci outros como ele... é incrível como certos tipos se parecem. A meu ver ele é mesmo um assassino. Matou Craddock. E talvez tenha matado a sra. Craddock se ela estivesse se tornando um estorvo e ameaçando fazer escândalo. *Mas será que ele matou Shaitana*? Eis a questão verdadeira. E comparando os crimes, duvido muito. No caso dos Craddock, ele lançou mão de métodos medicinais nos dois casos. As mortes pareceram ter causas naturais. Na minha opinião, se ele tivesse matado Shaitana, teria feito isso de um modo medicinal. Teria utilizado bactérias em vez do punhal.

– Nunca pensei que tinha sido ele – confessou a sra. Oliver. – Nem por um minuto. Ele é muito óbvio, de certo modo.

– Roberts sai de cena – murmurou Poirot. – E quanto aos outros?

Battle fez um gesto de impaciência.

– Até aqui só dei com os burros n'água. A sra. Lorrimer é viúva há vinte anos. Mora em Londres a maior parte do tempo; só de vez em quando viaja ao exterior no inverno. Lugares civilizados: Riviera, Egito, esse tipo de coisa. Não conseguimos descobrir quaisquer mortes misteriosas associadas a ela. Parece ter levado uma vida perfeitamente normal e respeitável... a vida de uma mulher bem situada na sociedade. Todo mundo parece respeitá-la e tê-la na mais alta conta. O máximo que conseguem dizer é que ela não tem paciência com gente que considera estúpida! Admito que, neste caso, estou a ver navios. Mas deve haver *algo*! Shaitana achava que havia.

Suspirou em tom de desalento.

– A seguir temos a srta. Meredith. Já mapeei todo o histórico da vida dela. Trajetória corriqueira. Filha de um oficial do exército. O pai morreu e quase não deixou dinheiro. Teve que trabalhar para sobreviver. Sem instrução apropriada para nada. Investiguei seus primeiros passos em Cheltenham. Tudo bem claro. Todo mundo sentiu muita pena da pobrezinha. Primeiro ela trabalhou com um pessoal na Ilha de Wight... Mistura de governanta, babá e braço direito da dona da casa. A patroa hoje mora na Palestina, mas falei com a irmã dela. Ela disse que a sra. Eldon gostava muito da moça. Com certeza não houve mortes misteriosas nem nada do tipo.

"Quando a sra. Eldon foi morar no exterior, a srta. Meredith foi a Devonshire e se empregou como dama de companhia da tia de uma antiga colega de escola. A colega é a moça com quem ela mora hoje, a srta. Rhoda Dawes. Trabalhou lá durante dois anos, até que a tal tia ficou muito doente e teve que ser cuidada por uma enfermeira em tempo integral. Câncer, pelo que entendi. Continua viva, mas já meio confusa. Vive à base de morfina, imagino. Fui visitá-la. Lembrou-se de 'Anne', uma boa moça. Também falei com uma vizinha dela que pela lógica seria mais capaz de lembrar dos acontecimentos dos últimos anos. Nenhuma morte na aldeia, à exceção de um ou outro aldeão mais antigo, com quem, até onde se sabe, Anne Meredith nunca entrou em contato.

"Depois disso, ela esteve na Suíça. Pensei que talvez pudesse rastrear algum acidente fatal por lá, mas nada feito. E não houve nada em Wallingford também."

– Então Anne Meredith está inocentada? – indagou Poirot.

Battle hesitou.

– Eu não diria isso. Existe *algo*... Ela anda com um olhar assustado que não se pode creditar apenas ao pânico envolvendo a morte de Shaitana. Anda vigilante demais. Alarmada. Posso jurar que existe *algo*. Mas, para todos os efeitos... a ficha dela é limpa.

A sra. Oliver respirou fundo – uma respiração de puro prazer.

– E, apesar disso – revelou –, Anne Meredith trabalhou na casa de uma mulher que tomou veneno por engano e morreu.

Ela não teve nada a reclamar quanto ao efeito produzido por suas palavras.

O superintendente Battle girou na cadeira e a fitou espantado.

– Verdade, sra. Oliver? Como ficou sabendo?

– Fiz umas investigações paralelas – explicou a sra. Oliver. – Gosto de me comunicar com pessoas mais jovens. Fui visitar as duas moças e contei a elas a história para boi dormir que eu suspeitava do dr. Roberts. A jovem Rhoda foi amigável... Ficou muito impressionada; pensa que sou uma celebridade. Já a pequena Meredith odiou minha vinda e nem fez questão de não demonstrar. Ficou desconfiada. Por que reagiria assim se não tivesse algo a esconder? Convidei as duas para me visitar em Londres. Rhoda apareceu. E deu com a língua nos dentes. Anne havia sido indelicada comigo no outro dia porque eu havia dito algo que a teria lembrado de um doloroso incidente. E contou o caso em detalhes.

– Ela contou quando e onde aconteceu?

– Três anos atrás em Devonshire.

O superintendente resmungou algo consigo mesmo e rabiscou algo no bloquinho. Sua serenidade impassível estava abalada.

A sra. Oliver degustou o triunfo. Para ela, foi um momento de inestimável prazer.

– Sra. Oliver, tiro meu chapéu para a senhora – elogiou. – Desta vez a senhora nos passou a perna. Essa informação é muito valiosa. E mostra bem como às vezes deixamos escapar algo importante.

Enrugou um pouco a testa.

– Ela não deve ter ficado lá... seja lá onde for... por muito tempo. Uns dois meses, no máximo. Deve ter sido no período entre a saída dela do emprego na Ilha de

Wight e a sua contratação pela tia de Rhoda Dawes. Sim, deve ter sido isso. Naturalmente, a irmã da sra. Eldon só lembra que ela foi a um lugar em Devonshire... não se lembra na casa de quem nem onde.

– Diga-me – pediu Poirot –, essa sra. Eldon era uma mulher desorganizada?

Battle atravessou um olhar curioso na direção dele.

– Esquisito o senhor tocar nesse detalhe, monsieur Poirot. Não entendo como é que ficou sabendo disso. A irmã forneceu informações bem precisas. Durante a conversa lembro que ela mencionou: "Minha irmã é tão desorganizada e atrapalhada". Mas como diabos o *senhor* sabia?

– Porque ela precisou de uma governanta – arriscou a sra. Oliver.

Poirot meneou a cabeça.

– Não, não, nada disso. Não importa. Eu só estava curioso. Prossiga, superintendente Battle.

– E eu também – continuou Battle – tomei como certo que ela havia saído direto da Ilha de Wight para a tia de Rhoda Dawes. É ladina, essa moça. Ela me enganou direitinho. E o tempo todo mentindo.

– Mentir nem sempre é sinal de culpa – salientou Poirot.

– Sei disso, monsieur Poirot. Existem mentirosos por natureza. Eu diria que ela é uma dessas pessoas, por sinal. Sempre diz o que vai soar melhor. Mas acaba correndo um risco muito grave ao omitir fatos assim.

– Mas ela nem sonhava que o senhor tivesse alguma ideia dos crimes no passado – ponderou a sra. Oliver.

– Mais um motivo para não omitir essa pequena informação. Deve ter sido considerado um caso inequívoco de morte acidental, então ela não teria nada a temer... *a menos que fosse culpada.*

– Sim, a menos que fosse culpada da morte de Devonshire – concordou Poirot.

Battle virou-se a ele.

– Ah, eu sei. Mesmo se for provado que aquela morte acidental não foi tão acidental assim, *daí não se conclui que ela matou Shaitana.* Mas esses outros assassinatos também são assassinatos. Meu objetivo é ser capaz de imputar a responsabilidade de cada um desses crimes ao respectivo assassino.

– Shaitana achava isso impossível – observou Poirot.

– É impossível no caso de Roberts. Falta verificar isso no caso da srta. Meredith. Vou a Devon amanhã.

– Sabe aonde ir exatamente? – perguntou a sra. Oliver. – Preferi não indagar a Rhoda mais detalhes.

– Isso foi sábio de sua parte. Não vou ter muitas dificuldades. Deve ter havido um inquérito. Vou encontrá-lo nos registros do juiz investigador de mortes suspeitas. Faz parte da rotina policial. Eles vão ter todo esse material datilografado para mim até amanhã pela manhã.

– E quanto ao major Despard? – indagou a sra. Oliver. – Descobriu alguma coisa sobre ele?

– Estou aguardando o relatório do coronel Race. Coloquei um inspetor na cola dele, é claro. Uma coisa bem interessante: Despard foi até Wallingford visitar a srta. Meredith. Lembram que ele disse que nunca a tinha visto antes até aquela noite.

– Mas ela é uma moça muito bonita – murmurou Poirot.

Battle caiu na risada.

– Sim, imagino que essa seja a explicação. Falando nisso, Despard não quer correr riscos. Já consultou um advogado. Dá a impressão de enxergar problema à vista.

– É um sujeito prevenido – ponderou Poirot. – Um camarada que se prepara para toda e qualquer contingência.

– E, portanto, não o tipo de gente que enfia apressado um punhal noutro homem – disse Battle com um suspiro.

– A menos que não tivesse outra saída – observou Poirot. – Ele é capaz de agir rápido, lembrem-se.

Battle relanceou o olhar para ele no outro lado da mesa.

– Agora a sua vez, monsieur Poirot! Algum progresso? Ainda não baixou as cartas na mesa.

Poirot sorriu.

– Não há muita coisa a mostrar. Acha que escondo fatos do senhor? Não se trata disso. Não descobri muita coisa. Falei com o dr. Roberts, com a sra. Lorrimer, com o major Despard, ainda falta conversar com a srta. Meredith, e que fatos descobri? Estes! O dr. Roberts é um observador arguto. Por sua vez, a sra. Lorrimer tem extraordinário poder de concentração; portanto, é quase cega em relação ao que se passa em volta. Mas adora flores. Despard só presta atenção naquilo que lhe apetece: tapetes, troféus de caça. Não dispõe nem daquilo que chamo de visão externa, não é capaz de perceber detalhes a seu redor, ou seja, não é uma pessoa observadora, nem de visão interna, a saber, a capacidade de concentração, a focalização da mente em uma atividade. Tem uma visão limitada não por acaso. Essa visão tem objetivos bem claros. Ele só enxerga o que combina e se harmoniza com os pendores de seu cérebro.

– Então é isso que o senhor chama de fatos? – indagou Battle demonstrando curiosidade.

– *São* fatos... talvez insignificantes, mas fatos.

– E quanto à srta. Meredith?

– Deixei-a por último. Mas quero pedir a ela que me descreva tudo que se lembra da sala do sr. Shaitana.

– Que método de abordagem mais esquisito – avaliou Battle, pensativo. – Estritamente psicológico. Já imaginou que os suspeitos podem estar levando-o no bico?

Poirot balançou a cabeça com um sorriso nos lábios.

– Impossível. Quer queiram atrapalhar ou ajudar, eles revelam necessariamente seu *tipo de mentalidade.*

– Isso tem um fundo de razão, sem dúvida – concordou Battle, meditativo. – Mas não consigo trabalhar assim.

Poirot declarou ainda sorrindo:

– Tenho a impressão de ter realizado muito pouco em comparação ao senhor, à sra. Oliver... e ao coronel Race. As cartas que ponho na mesa são muito baixas.

Battle relanceou-lhe um olhar divertido.

– Quanto a isso, monsieur Poirot, o dois do naipe de trunfos é carta baixa, mas derrota qualquer ás dos outros três naipes. Em todo caso, quero lhe pedir sua colaboração para realizar um servicinho de ordem prática.

– O que seria?

– Quero que o senhor tome o depoimento da viúva do professor Luxmore.

– Por que não faz isso pessoalmente?

– Pois, como acabo de dizer, vou partir a Devonshire.

– Por que não faz isso pessoalmente? – repetiu Poirot.

– Não desiste fácil, hein? Bem, vou falar a verdade. Acho que o senhor vai extrair mais informações dela do que eu.

– Porque meus métodos são menos objetivos! Não é isso?

– Pode expressar assim se quiser – sorriu Battle, sarcástico. – Já escutei o inspetor Japp dizendo que o senhor tem a mente tortuosa.

– Como a mente do falecido sr. Shaitana?

– Acha que ele seria capaz de obter informações dela?

Poirot disse sem pressa:

– Na verdade penso que ele *obteve* informações dela!

– O que o leva a pensar isso? – indagou Battle incisivo.

– Uma observação casual do major Despard.

– Ele deu com a língua nos dentes, então? Isso não combina com ele.

– Ah, meu caro amigo, é *impossível* não dar com a língua nos dentes... A menos que a pessoa fique sempre de bico calado! A fala é a mais fatal das reveladoras.

– Mesmo quando as pessoas contam mentiras? – indagou a sra. Oliver.

– Sim, madame, pois logo fica evidente que a pessoa conta *um determinado tipo de mentira.*

– Está me deixando muito constrangida – retorquiu a sra. Oliver, levantando-se.

O superintendente Battle a acompanhou até a porta e trocou um aperto de mãos.

– Ajudou-nos muito, sra. Oliver – disse ele. – É bem melhor como detetive do que aquele seu magricela da Lapônia.

– Finlândia – corrigiu a sra. Oliver. – Claro que ele é um imbecil. Mas as pessoas gostam dele. Até mais ver.

– Eu também tenho que ir – aproveitou a deixa Poirot.

Battle rabiscou um endereço numa tira de papel e fechou o papel na mão de Poirot.

– Tome aqui. Vá lá e desdobre a viúva.

Poirot sorriu.

– E o que o senhor quer que eu descubra?

– A verdade sobre a morte do professor Luxmore.

– *Mon cher* Battle! E por acaso alguém sabe a verdade sobre alguma coisa?

– Nesse caso de Devonshire, vou descobri-la – declarou o superintendente, categórico.

Poirot murmurou:

– Tenho lá minhas dúvidas.

Capítulo 20

Revelações da sra. Luxmore

A criada que abriu a porta da casa da sra. Luxmore, em South Kensington, mediu Poirot com profundo desdém. Não mostrou vontade alguma de fazê-lo entrar.

Imperturbável, Poirot mostrou um cartão.

– Entregue este cartão à sua patroa. Acho que ela vai me receber.

Era um de seus cartões mais pomposos. A um canto, lia-se "Detetive particular" em alto relevo. Mandara imprimi-lo com o propósito de conseguir entrevistas com o chamado belo sexo. Quase toda mulher, consciente ou não da própria inocência, ficava curiosa para conhecer um detetive particular e descobrir o que ele queria.

Deixado ignominiosamente no capacho, Poirot constatou a falta de polimento na aldrava com intenso desprazer.

– Humpf... A falta que faz um Brasso e um paninho – murmurou consigo.

Ofegante, a empregada retornou, e Poirot foi convidado a entrar.

Foi levado a uma sala no primeiro piso – sala bastante escurecida, cheirando a flores murchas e cinzeiros cheios. Inúmeras almofadas de seda em cores exóticas, todas carecendo de uma boa lavagem. Paredes verde-esmeralda. Teto de um vermelho-acobreado meio fajuto.

De pé ao lado da lareira, havia uma dama alta e muito bonita. Ela deu um passo à frente e pronunciou numa voz profunda e aveludada:

– Monsieur Hercule Poirot?

Poirot fez uma reverência. O jeito dele não era muito autêntico. Não era só estrangeiro, mas um estrangeiro afetado. Gestos positivamente barrocos. De modo tênue, bem tênue, lembrava o jeito do falecido sr. Shaitana.

– Por que motivo quer falar comigo?

De novo Poirot fez uma mesura.

– Posso me sentar? Vou precisar de um tempo para explicar...

Ela apontou impaciente uma cadeira e sentou-se na beira de um sofá.

– Sim?

– Acontece, madame, que faço investigações... Investigações particulares, entende?

Quanto mais calculada a abordagem dele, maior a ansiedade dela.

– Sim... sim?

– Faço investigações sobre a morte do falecido professor Luxmore.

Ela engasgou numa óbvia mistura de espanto e temor.

– Mas por quê? Como assim? O que o senhor tem a ver com isso?

Poirot a examinou com cuidado antes de prosseguir.

– Sabe, um livro está sendo escrito. A biografia de seu eminente marido. O autor, claro, anseia obter todos os fatos exatos. E, por exemplo, a morte de seu marido...

Ela irrompeu de súbito:

– Meu marido morreu de malária... na Amazônia.

Poirot recostou-se na cadeira. De modo vagaroso, muito vagaroso, meneou a cabeça para lá e para cá – um gesto irritante e monótono.

– Madame... madame – protestou ele.

– Mas eu sei o que estou dizendo! Eu estava lá.

– Com certeza. A senhora *estava lá*. Isso fecha com as informações que tenho.

Ela gritou:

– Que informações?

Avaliando-a detidamente, Poirot respondeu:

– Informações fornecidas pelo falecido sr. Shaitana.

Ela se encolheu como se tivesse recebido uma leve chicotada.

– Shaitana? – balbuciou ela.

– Sujeito – disse Poirot – de vasto conhecimento. Homem notável! Sabedor de muitos segredos.

– Imagino que sim – murmurou ela, umedecendo os lábios secos com a língua.

Poirot inclinou-se à frente. Deu um tapinha de leve no joelho dela.

– Ele sabia, por exemplo, que seu marido não morreu de malária.

Ela o fitou, estarrecida. O seu olhar transparecia fúria e desespero.

Ele se recostou na cadeira e observou o efeito de suas palavras.

Ela se recompôs com certo esforço.

– Eu... eu não entendi o que o senhor quis dizer.

Frase proferida de modo pouco convincente.

– Madame – ponderou Poirot –, vou abrir o jogo. Vou – sorriu ele – colocar minhas cartas na mesa. Seu marido não morreu de malária. *Morreu baleado*!

– Ah! – gritou ela.

Cobriu o rosto com as mãos. Agitou-se para frente e para trás numa terrível perturbação. Mas, Poirot tinha certeza, no fundo ela degustava as próprias emoções.

– E, por isso – continuou Poirot sem emoção na voz –, a senhora pode muito bem me contar a história toda.

Ela descobriu o rosto e falou:

– Não foi nada disso que o senhor está pensando.

Outra vez Poirot inclinou-se à frente e deu um novo tapinha no joelho dela.

– A senhora me entendeu mal... muito mal – disse ele. – Sei muito bem que não foi a senhora que atirou nele. Foi o major Despard. Mas a senhora foi a causa.

– Não sei. Não sei. Imagino que sim. Foi tudo tão horrível. É uma espécie de fatalidade que me persegue.

– Ah, como isso é verdade! – exclamou Poirot. – Com que frequência eu já não testemunhei isso? Existem mulheres assim. Por onde andam, as tragédias seguem seus passos. Não é culpa delas. Essas coisas acontecem sem que elas interfiram.

A sra. Luxmore respirou fundo.

– O senhor entende. Vejo que entende. Tudo aconteceu de modo tão natural.

– Acompanhou a incursão na selva, não foi?

– Sim. Meu marido escrevia um livro sobre várias plantas raras. O major Despard nos foi apresentado como alguém conhecedor das condições locais, capaz de organizar a expedição necessária. Meu marido gostou muito dele. Partimos.

Seguiu-se uma pausa. Poirot permitiu ao silêncio continuar por um minuto e meio e então murmurou algo como se fosse consigo mesmo.

– Sim, posso imaginar. O rio serpenteante... a noite tropical... o zunido dos insetos... o homem viril e marcial... a linda mulher...

A sra. Luxmore suspirou.

– Meu marido, é claro, era bem mais velho do que eu. Casei muito jovem, nem tinha noção do que eu fazia...

Poirot meneou a cabeça tristemente.

– Sei. Sei. Com que frequência isso não ocorre?

– Nenhum de nós admitia o que estava acontecendo – prosseguiu a sra. Luxmore. – John Despard nunca disse nada. A dignidade em pessoa.

– Mas as mulheres sempre sabem – incentivou Poirot.

– Tem toda a razão... Sim, as mulheres sabem... Mas eu nunca demonstrei nada a ele. Do começo ao fim, nos tratamos como major Despard e sra. Luxmore... Nós dois estávamos determinados a jogar limpo.

Calou-se, absorta na admiração dessa nobre atitude.

– É verdade – murmurou Poirot. – Temos que jogar limpo. Como um dos poetas de seu país expressou com tanto requinte: "Não posso amá-la, ó beldade, pois já amo a honestidade".

– Dignidade – corrigiu a sra. Luxmore com um leve franzir de cenho.

– Claro, claro... dignidade. "Pois já amo a dignidade."

– Esse verso nos cai como uma luva – murmurou a sra. Luxmore. – Custasse o que custasse, estávamos decididos a nunca pronunciar as palavras fatais. E então...

– E então... – instigou Poirot.

– Aquela noite espectral – estremeceu a sra. Luxmore.

– Sim?

– Imagino que devam ter discutido... John e Timothy, quero dizer. Eu saí de minha barraca... saí de minha barraca...

– Sim... sim?

Com olhos arregalados e sombrios, a sra. Luxmore parecia rever a cena.

– Saí de minha barraca – repetiu ela. – John e Timothy estavam... Ah! – ela estremeceu. – Não consigo me lembrar muito bem. Fiquei no meio deles... Eu disse: "Não... não, não é *verdade*!". Timothy não queria acreditar. Fazia ameaças a John. Até que John teve que apertar o gatilho... em legítima defesa. Ah! – ela deu um grito e cobriu o rosto com as mãos. – Ele caiu... desabou... com um tiro mortal no coração.

– Momento horrível para a senhora, madame.

– Nunca vou me esquecer. A conduta de John foi nobre. Ele queria se entregar. Eu me recusei a aceitar isso. Discutimos a noite toda. "Faça isso por mim", eu repetia. No fim ele entendeu. Naturalmente não podia me fazer sofrer. A medonha publicidade. Pense nas manchetes. *Dois homens e uma mulher na floresta. Paixões primitivas.*

"Expliquei tudo isso a John. No fim ele aquiesceu. Os carregadores não tinham visto nem ouvido nada. Timothy havia tido um acesso de febre. Dissemos que ele morreu disso. Enterramos seu corpo à beira do Amazonas."

Um suspiro fundo e torturante a fez estremecer.

– E depois... a volta à civilização... e a separação para sempre.

– Era necessário, madame?

– Sim, sim. Morto, Timothy ficava entre nós como o Timothy vivo... mais ainda. Dissemos adeus um para o outro... para sempre. Já me encontrei com John Despard em algumas oportunidades por esse mundo afora. Sorrimos, falamos com polidez... ninguém jamais adivinharia que já houve algo entre nós. Mas percebo em seus olhos... e ele nos meus... que nunca vamos esquecer...

Seguiu-se uma demorada pausa. Poirot agradeceu à cortina por não quebrar o silêncio.

A sra. Luxmore pegou o estojinho de maquiagem e empoou o nariz... O feitiço se partiu.

– Que tragédia – comentou Poirot em tom rotineiro.

– Deve saber, monsieur Poirot – frisou a sra. Luxmore com franqueza –, que a verdade jamais pode ser revelada.

– Seria doloroso...

– Seria impossível. Esse seu amigo, o tal escritor... com certeza não gostaria de macular a vida de uma dama inocente.

– E também levar à forca um homem inocente? – indagou Poirot num murmúrio.

– É assim que o senhor enxerga? Fico contente. Ele *é* inocente. Um *crime passionnel* não é um crime de verdade. E, de qualquer modo, foi em legítima defesa. Ele *teve* que atirar. Então entende, monsieur Poirot, que o mundo deve continuar a acreditar que Timothy morreu de malária?

Poirot murmurou.

– Escritores às vezes são curiosamente impiedosos.

– Seu amigo odeia as mulheres? Quer que a gente sofra? Mas o senhor não deve permitir isso. Eu não vou permitir. Se for necessário, assumo a culpa. Digo que fui *eu* que matei Timothy.

Ela havia se levantado e jogado a cabeça para trás.

Poirot também se ergueu.

– Madame – disse ao tomar a mão dela –, esse nobre sacrifício não será necessário. Farei o possível e o impossível para que os fatos verdadeiros nunca sejam conhecidos.

Um sorriso doce e feminino crispou o rosto da sra. Luxmore. Ergueu a mão de leve, de modo que Poirot, mesmo se não tivesse intenção, viu-se forçado a beijá-la.

– Uma dama infeliz lhe agradece, monsieur Poirot – disse ela.

A última palavra da rainha perseguida ao cortesão predileto – obviamente uma frase de despedida. Poirot retirou-se como esperado.

Tão logo saiu, inspirou fundo o ar puro da rua.

Capítulo 21

Major Despard

– *Quelle femme* – sussurrou Poirot. – *Ce pauvre Despard! Ce qu'il a dû souffrir! Quel voyage épouvantable!**

De repente, desatou a rir.

Agora caminhava na Brompton Road. Estacou, retirou o relógio do bolso e fez um cálculo.

– Hum... Ainda tenho um tempinho. Também, esperar um pouco não vai lhe fazer mal nenhum. Agora eu posso tratar daquele outro probleminha. Como era mesmo que meu amigo da polícia britânica costumava cantar? Ah... faz tanto tempo... uns quarenta anos. "Açúcar em cubinhos aos famintos passarinhos..."

Cantarolando de lábios fechados a melodia há tempos esquecida, Hercule Poirot entrou numa loja de aparência suntuosa, especializada em roupas e apetrechos para realçar a beleza feminina, e rumou ao balcão das meias.

Depois de escolher uma jovem vendedora de aparência compassiva e não muito insolente, comunicou o que precisava.

– Meias de seda? Ah, sim, temos uma coleção ótima. Seda autêntica.

Poirot fez um gesto de desprezo com a mão. Outra vez falou com extrema eloquência.

– Seda francesa? Sabe, é meu dever avisá-lo. São muito caras.

---

* Que mulher. Pobre Despard! O que ele teve de sofrer! Que viagem apavorante! (N.E.)

E a vendedora mostrou um novo lote de caixas.

– Ótimo, mademoiselle, mas penso em algo de textura mais fina.

– Estas aqui já são bem finas. Claro, temos extrafinas, mas receio que custem na base de 35 xelins o par. Além de não durarem nada, é claro. Os fios parecem teias de aranha.

– *C'est ça. C'est ça, exactement.*

Desta vez, a jovem sumiu por um bom tempo.

Enfim retornou.

– Acredito que o par custe na verdade 37 xelins e 6 pence. Maravilhosas, não é mesmo?

Com delicadeza, ela as deslizou para fora do diáfano envelope – as mais requintadas e transparentes meias do mercado.

– *Enfin...* é isto mesmo que procuro!

– Lindas, não? Quantos pares?

– Quero, hum... deixe-me ver... dezenove pares!

A jovem quase caiu dura atrás do balcão, mas anos de treinamento na arte da indiferença a mantiveram na posição ereta.

– Por que não aproveita e leva logo duas dúzias? Podemos dar um desconto – sugeriu com timidez.

– Não, eu quero dezenove pares. Em tons levemente distintos, por favor.

A moça selecionou-as com obediência, empacotou-as e cobrou a conta.

Quando Poirot saía da loja com a compra, a cliente seguinte no balcão comentou:

– Já pensou que moça de sorte? O velhote deve ser podre de rico. E pelo jeito está comendo na mão dela. Meias a 37 xelins e 6 pence, onde já se viu!

Sem sonhar com o desprezível valor atribuído pelas moças da Harvey Robinson's a seu caráter, Poirot caminhava rumo à sua casa.

Meia hora depois de chegar, a campainha tocou. Pouco depois, o major Despard entrou na sala.

Obviamente se esforçava com dificuldade para manter a compostura.

– Por que diabos o senhor foi visitar a sra. Luxmore? – disparou ele.

Poirot sorriu.

– Eu queria descobrir a verdade sobre a morte do professor Luxmore.

– É mesmo? Acha que aquela mulher é capaz de contar a verdade sobre qualquer coisa? – perguntou Despard, indignado.

– *Eh bien*, me perguntei isso em certos momentos – admitiu Poirot.

– Assim espero. Aquela mulher é louca.

Poirot discordou.

– Nem um pouco. É só romântica.

– Romântica uma ova. Mentirosa compulsiva. Às vezes acho que ela acredita nas próprias mentiras.

– É bem possível.

– Aquela mulher é pavorosa. Paguei meus pecados com ela.

– Nisso eu também acredito.

Despard sentou-se abruptamente.

– Olhe aqui, monsieur Poirot, vou lhe contar a verdade.

– Quer dizer que vai contar a sua versão do ocorrido?

– Minha versão é a versão correta.

Poirot não respondeu.

Despard continuou em tom seco:

– Tenho plena consciência de que não é mérito nenhum revelar isso agora. Vou contar a verdade porque é a única coisa a ser feita a esta altura. Cabe ao senhor decidir se vai acreditar ou não. Não tenho como provar a veracidade de meu relato.

Fez uma breve pausa e logo recomeçou.

– Providenciei uma jornada científica aos Luxmore. O velhote era obcecado por musgos, plantas e afins. Ela era... bem, ela era o que o senhor sem dúvida deve ter observado que ela é! A viagem foi um pesadelo. Eu não lhe dava a mínima bola... Nem sequer gostava dela. Aquele seu jeito intenso e nobre me deixava todo acabrunhado. Tudo correu bem nos primeiros quinze dias. Então todo mundo teve um surto de febre. Ela e eu tivemos febre baixa. Já o velho Luxmore ficou bastante mal. Uma noite, agora escute com muita atenção, eu estava sentado do lado de fora de minha barraca. De repente, avistei Luxmore ao longe, cambaleando na direção dos arbustos da beira do rio. Delirava completamente e não tinha noção do que fazia. Dali a pouco ele cairia no rio... e naquele ponto específico isso significaria o seu fim. Chance nula de resgate. Não dava tempo de correr e tentar salvá-lo... Só havia uma coisa a fazer. Meu rifle estava à mão como sempre. Peguei-o. Tenho mira excelente. Eu tinha certeza absoluta que podia derrubá-lo, acertando-o na perna. Mas bem na hora em que eu ia apertar o gatilho aquela mulher bestialógica se atirou do nada em cima de mim gritando: "Não atire. Por favor, não atire!". Agarrou meu braço e o puxou de leve, o suficiente para mudar a trajetória da bala, que acabou o atingindo nas costas. Ele caiu morto!

"Posso garantir: não foi um momento lá muito agradável. E a débil mental daquela mulherzinha não conseguia entender o que tinha acabado de fazer. Em vez de se dar conta de que havia sido a responsável pela morte do marido, acreditou piamente que eu ia atirar no velhote a sangue frio porque eu a amava, imagine só! Fez um escândalo dos diabos... insistiu que devíamos dizer que ele morreu de malária. Senti pena dela... em especial quando notei que ela não havia percebido o que fizera. Mas ela perceberia se a verdade viesse a público! E então sua cega certeza de que eu estava apaixonado por ela acabou me comovendo. Seria um tanto suspeito se ela resolvesse alardear esse fato. No fim concordei em fazer o que ela queria... em parte para não me incomodar, eu admito. Afinal de contas, não parecia ter muita importância. Malária ou acidente. E eu não queria obrigar uma mulher a enfrentar uma série de situações desagradáveis... mesmo ela sendo uma completa imbecil. No dia seguinte informei oficialmente que o professor havia morrido de malária e que o havíamos enterrado. Os carregadores sabiam a verdade, é claro, mas eram todos leais a mim. Eu sabia que se necessário eles jurariam que era verdade. Enterramos o coitado do Luxmore e voltamos à civilização. Desde então passo boa parte de meu tempo evitando a mulher."

Fez uma pausa e logo emendou com rapidez:

– Esse é meu relato, monsieur Poirot.

Poirot redarguiu devagar:

– Era a esse incidente que o sr. Shaitana se referiu, ou foi isso que o senhor pensou, no jantar àquela noite?

Despard balançou a cabeça em afirmação.

– Ele deve ter escutado a história da sra. Luxmore. É muito fácil arrancar a história dela. Ele se divertia com esse tipo de coisa.

– Poderia ser uma história perigosa... para o senhor... nas mãos de um homem como Shaitana.

Despard deu de ombros.

– Shaitana não me metia medo.

Poirot nada respondeu.

Despard prosseguiu com calma:

– De novo vai ter que acreditar em minha palavra. É verdade, imagino, que eu tinha uma espécie de motivo para matar Shaitana. Bem, agora revelei a verdade... acredite se quiser.

Poirot estendeu a mão.

– Vou acreditar, major Despard. Não tenho dúvida nenhuma de que as coisas na América do Sul aconteceram exatamente como o senhor descreveu.

O rosto de Despard clareou.

– Obrigado – disse lacônico.

E apertou amigavelmente a mão de Poirot.

CAPÍTULO 22

Indícios de Combeacre

Na delegacia de Combeacre, o superintendente Battle mirava o rosto corado e ouvia a voz tranquila e agradável do inspetor Harper – voz típica da região de Devonshire.

– Foi isso que aconteceu, sir. Tudo parecia claro como água. O médico ficou satisfeito. Todo mundo ficou satisfeito. Por que não?

– Só me repita os detalhes sobre os dois frascos. Quero entender melhor.

– Xarope de figo. Era isso que o frasco costumava conter. Ela tomava com frequência, parece. E noutro frasco havia uma tinta para chapéus que ela andou usando, ou melhor, que a mocinha, a dama de companhia, andou usando para ela. Renovando um chapéu de jardim. Sobrou bastante, mas o frasco rachou. Foi a própria sra. Benson quem disse: "Ponha o resto naquele frasco antigo. O frasco de xarope de figo". Sobre esse pormenor não há dúvida. Os empregados a escutaram. A srta. Meredith, a criada e a arrumadeira... todas confirmam. A tinta foi colocada no velho frasco de xarope de figo e guardada na prateleira superior do banheiro com uma miscelânea de coisas.

– O frasco não foi rotulado de novo?

– Não. Negligência, claro; o juiz investigador levantou essa questão.

– Continue.

– Na noite fatal, a falecida entrou no banheiro, pegou o frasco de xarope de figo, serviu uma dose generosa e bebeu. Quando se deu conta do que tinha feito, logo mandou chamar o médico. Ele havia saído para atender uma emergência e demorou um bom tempo até que conseguissem avisá-lo. Fizeram de tudo, mas ela morreu.

– Ela própria acreditou que havia sido um acidente?

– Todo mundo acreditou. Parecia lógico que os frascos deviam ter se misturado de algum modo. Disseram que foi a criada ao fazer a limpeza, mas ela jura que não.

O superintendente Battle permaneceu calado – pensando. Uma coisa tão fácil. Um frasco baixado da prateleira superior e colocado no lugar de outro. Tão difícil rastrear a origem de um equívoco desses. Manuseados com luvas, possivelmente; de qualquer modo, as impressões digitais mais recentes pertenceriam à própria sra. Benson. Sim, tão fácil... tão simples. Mas, apesar disso, assassinato! O crime perfeito.

Mas por quê? Aquilo ainda o deixava perplexo – por quê?

– Essa moça, a dama de companhia, a tal srta. Meredith, não ganhou dinheiro com a morte da sra. Benson? – indagou.

O inspetor Harper meneou a cabeça.

– Não. Estava lá há apenas seis semanas. Emprego difícil, eu imagino. Em geral, as moças trabalhavam lá por temporadas curtas e logo pediam para sair.

Battle continuava perplexo. As moças não duravam muito no emprego. Patroa difícil, óbvio. Mas se Anne Meredith estivesse descontente, poderia ter pedido demissão, como as outras haviam feito. Não teria por que matar... A menos que fosse apenas para satisfazer uma insensata índole vingativa. Meneou a cabeça. Essa possibilidade parecia irreal.

– Quem recebeu o dinheiro da sra. Benson?

– Não sei dizer. Sobrinhos e sobrinhas, acredito. Mas de qualquer modo não era grande coisa mesmo antes de ser dividido. Soube que a maior parte da renda dela provinha de uma dessas pensões anuais.

Nada ali também. Mas a sra. Benson havia morrido. E Anne Meredith não lhe contara sobre essa experiência em Combeacre.

Tudo profundamente insatisfatório.

Empreendeu investigações diligentes e minuciosas. O médico declarou de modo claro e enfático não haver razão alguma para crer em algo que não um acidente. Segundo ele, a dama de companhia, a srta. Beltrana (não lembrava direito o nome), uma boa moça de aparência indefesa, ficara aflita e perturbada. Battle também falou com o pastor. Lembrou-se da última dama de companhia da sra. Benson – boa moça, de aparência modesta. Sempre acompanhava a sra. Benson à igreja. A sra. Benson? Não chegava a ser rabugenta... só meio rigorosa com os mais jovens. Típica cristã inflexível.

Battle interrogou mais algumas pessoas, mas não obteve quaisquer informações consistentes. Anne Meredith mal era lembrada. Convivera no seio da comunidade uns dois meses – isso era tudo. A sua personalidade não era vívida o suficiente para causar uma impressão duradoura. A descrição de consenso parecia ser "uma boa moça".

A figura da sra. Benson delineou-se com mais nitidez. Esnobe e sargentona, exigia que os funcionários trabalhassem duro e trocava seguidamente de empregadas. Antipática e mal-humorada. Nada mais do que isso.

Entretanto, o superintendente Battle deixou Devonshire convicto de que, por algum motivo desconhecido, Anne Meredith havia assassinado deliberadamente a patroa.

Capítulo 23

Revelações de um par de meias de seda

Enquanto o trem do superintendente Battle atravessava veloz a Inglaterra rumo ao leste, Anne Meredith e Rhoda Dawes estavam sentadas na sala de Hercule Poirot.

Anne não queria aceitar o convite recebido pelo correio matutino, mas o conselho de Rhoda prevalecera.

– Anne... não seja covarde... sim, covarde. Não leva a nada imitar um avestruz e enterrar a cabeça na areia. Aconteceu um assassinato e você é uma das pessoas suspeitas... Talvez a menos provável...

– Pior ainda – mencionou Anne com um toque de bom humor. – O assassino é sempre a pessoa menos provável.

– Mas você é uma das pessoas suspeitas – prosseguiu Rhoda, sem se abalar com a interrupção. – Não adianta farejar o ar e torcer o nariz como se o assassinato fosse um cheiro desagradável que nada tem a ver com você.

– Não tem *nada* a ver comigo – persistiu Anne. – Quero dizer, estou bem disposta a responder qualquer pergunta que a polícia me fizer, mas esse cidadão, esse Hercule Poirot, é um intruso.

– E o que ele vai pensar se você tentar se esquivar e evitá-lo? Vai achar que você tem a consciência pesada.

– Com certeza não tenho – disse Anne friamente.

– Sei disso, querida. Nem se tentasse você conseguiria matar alguém. Mas esses estrangeiros horríveis e desconfiados não sabem disso. Acho que devemos ir à casa dele com boa vontade. Caso contrário, ele vai se abalar até aqui e tentar arrancar fofocas dos empregados.

– Não temos nenhum empregado.

– Temos a tia Astwell. Ela tem a língua maior do que o corpo. Vamos, Anne, vamos lá. No fundo vai ser divertido.

– Não entendo por que diabos ele quer falar comigo – insistiu Anne.

– Quer passar a perna na polícia oficial, é claro – sugeriu Rhoda, impaciente. – É o que eles sempre tentam... os amadores, quero dizer. Enxergam a Scotland Yard como um bando de almofadinhas descerebrados.

– Acha esse Poirot esperto?

– Não aparenta ser um Sherlock – disse Rhoda. – Imagino que na flor da idade ele tenha sido ótimo. Hoje anda meio gagá, é claro. Deve ter sessenta anos, no mínimo. Ah, vamos lá, Anne, vamos visitar o velhote. Quem sabe ele nos conta coisas horríveis sobre os demais.

– Certo – concordou Anne. E logo emendou: – Puxa, você *gosta* mesmo disso tudo, Rhoda.

– Pimenta nos olhos dos outros é refresco – brincou Rhoda. – Você é uma avoada, Anne! Por que não ergueu o olhar na hora H? Se tivesse feito isso, teria para sempre uma vida de duquesa só com a grana da chantagem.

Então, às três horas da tarde daquele mesmo dia, Rhoda Dawes e Anne Meredith, empertigadas nas cadeiras da esmerada sala de estar de Poirot, bebiam *sirop* de amora-preta (que elas detestavam, mas eram muito educadas para recusar) em tacinhas antiquadas.

– Foi muita gentileza sua aceitar meu convite, mademoiselle – dizia Poirot.

– Será um prazer ajudá-lo se estiver ao meu alcance – murmurou Anne meio vaga.

– É só uma pequena questão de memória.

– Memória?

– Sim, já fiz essas perguntas à sra. Lorrimer, ao dr. Roberts e ao major Despards. Mas, por azar, nenhum forneceu a resposta que eu esperava.

Anne continuou a mirá-lo com olhos interrogativos.

– Eu gostaria que a mademoiselle voltasse em pensamento àquela noite na sala de visitas do sr. Shaitana.

Uma sombra de desânimo perpassou o rosto de Anne. Nunca se livraria daquele pesadelo?

Poirot percebeu a expressão.

– *C'est pénible, n'est ce pas*? É muito natural se sentir assim. Entrar tão jovem em contato com o horror pela primeira vez. Provavelmente a senhorita nunca conheceu nem viu outra morte violenta antes.

Os pés de Rhoda trocaram de posição no assoalho, meio inquietos.

– Bem? – disse Anne.

– Quero que retroceda em pensamento e me diga: o que se lembra da sala?

Anne fitou-o, desconfiada.

– Não entendi.

– Sim, é isso mesmo. As cadeiras, as mesas, os adornos, o papel de parede, as cortinas, os apetrechos da lareira. A senhorita viu tudo. Consegue descrevê-los?

– Ah, sei – Anne hesitou, franzindo o cenho. – É difícil. Não me lembro direito. Não saberia descrever o papel de parede. As paredes eram pintadas em uma cor discreta. Tapetes no piso. Um piano. – Sacudiu a cabeça. – Não consigo lembrar mais nada.

– Mas não está se esforçando, mademoiselle. Deve se lembrar de curiosidades, enfeites ou bricabraques.

– Havia um estojo de joias egípcias, eu me lembro – mencionou Anne sem pressa. – Perto da janela.

– Ah, sim, na extremidade oposta à mesa com a pequena adaga.

Anne voltou a olhar para ele.

– Não sei de que mesa o senhor está falando.

"*Pas si bête*", disse Poirot consigo. "E muito menos Hercule Poirot! Se ela me conhecesse melhor, saberia que eu jamais armo *pièges* tão toscas como essa!"

E em voz alta:

– Um estojo de joias egípcias, a senhorita diz?

Anne respondeu com certo entusiasmo.

– Sim... alguns itens lindos. Azuis e vermelhos. Esmaltados. Uns anéis graciosos. E camafeus de escaravelhos... Mas não gosto muito deles.

– O sr. Shaitana era um grande colecionador – murmurou Poirot.

– Sim, deve ter sido – concordou Anne. – A sala estava repleta de coisas para ver. A gente nem sabia por onde começar.

– Então não consegue mencionar nada mais que tenha chamado sua atenção?

Anne sorriu um pouco ao dizer:

– Só um vaso de crisântemos que precisava muito ter a água trocada.

– Ah, sim, empregadas não costumam prestar atenção nisso.

Poirot ficou em silêncio por alguns instantes.

Anne indagou com timidez:

– Receio não ter notado... seja lá o que o senhor queria que eu notasse.

Poirot abriu um sorriso amável.

– Não tem importância, *mon enfant*. Era mesmo uma chance remota. Diga-me, tem visto o major Despard ultimamente?

Observou uma delicada cor rósea subir às faces da moça, que respondeu:

– Ele comentou que apareceria para nos visitar de novo em breve.

Rhoda atalhou de modo impetuoso:

– Não foi *ele*, de qualquer modo! Anne e eu temos certeza disso.

Poirot mirou as duas com um brilho divertido no olhar e exclamou:

– Que sorte a dele convencer duas moças tão encantadoras de sua inocência!

"Ai, meu Deus", pensou Rhoda. "Vai começar a agir como um francês. Isso me deixa muito constrangida."

Levantou-se e começou a examinar os quadros na parede: um conjunto de estampas gravadas à água-forte.

– Belíssima coleção – elogiou.

– Não é das piores – respondeu Poirot.

Hesitou, mirando Anne.

– Mademoiselle – disse por fim. – Imagino se posso lhe pedir um imenso favor... Não, nada relacionado com o crime. Uma questão inteiramente privada e pessoal.

Anne foi pega de surpresa. Poirot continuou a falar de modo ligeiramente acabrunhado.

– Sabe, é que o Natal se aproxima. Tenho que comprar presentes para muitas sobrinhas e sobrinhas-netas. E é um pouco difícil de adivinhar o que essas moças de hoje gostam. Meu gosto, reconheço, é muito ultrapassado.

– Sim? – incentivou Anne gentilmente.

– Meias de seda... será que meias de seda são presentes bem-vindos?

– Sem dúvida. É sempre bom receber meias de presente.

– Que alívio a senhorita me deu. Vou pedir o meu favor. Comprei várias meias de tons diferentes. Quinze ou dezesseis pares. Teria a bondade de examiná-las e separar meia dúzia que lhe pareçam mais desejáveis?

– Claro – prontificou-se Anne, levantando-se da cadeira sem conter o riso.

Poirot a conduziu a uma mesa numa reentrância da sala – o arranjo dos itens destoava estranhamente da famosa (mas ela não o sabia) e meticulosa organização de Hercule Poirot. Pares de meias em montinhos aleatórios... luvas com forro de lã... calendários e caixas de bombons.

– Envio presentes muito *à l'avance* – explicou Poirot. – Aqui estão as meias, mademoiselle. Separe, por favor, os seis pares mais bonitos.

Ele se virou, interceptando Rhoda, que o seguia.

– Quanto à mademoiselle aqui, tenho um pequeno regalo... algo que, imagino, não vai ser um regalo para você, mademoiselle Meredith.

– O que é? – indagou Rhoda empolgada.

Ele baixou a voz.

– Um punhal, mademoiselle, com o qual certa vez doze pessoas esfaquearam um homem. Foi-me presenteado como suvenir pela Compagnie Internationale des Wagons Lits.

– Horrível – gritou Anne.

– Aai! Deixe-me ver – pediu Rhoda.

Poirot a conduziu à outra sala, conversando ao fazê-lo.

– Sabe por que a Compagnie Internationale des Wagons Lits me deu o punhal? Porque...

E saíram da sala.

Voltaram depois de três minutos. Anne veio na direção deles.

– Acho que estas aqui são as mais bonitas, monsieur Poirot. Estas duas têm tonalidades ótimas para ocasiões noturnas, e esta outra de cor mais clara cai bem no verão, quando demora mais a anoitecer.

– *Mille remerciements, mademoiselle.*

Ofereceu a elas mais *sirop*, que elas recusaram, e enfim as acompanhou até a porta, ainda falando cordialmente.

Quando enfim partiram, ele voltou à sala e foi direto à mesa forrada de itens. Os pares de meias continuavam dispostos em montinhos confusos. Poirot contou os seis pares escolhidos e então continuou a contar os outros.

Ele comprara dezenove pares. Agora só havia dezessete.

Balançou a cabeça de modo afirmativo e vagaroso.

Capítulo 24

Eliminação de três assassinos?

Chegando a Londres, o superintendente Battle foi direto à casa de Poirot. Já fazia mais de uma hora que Anne e Rhoda haviam saído.

Sem mais delongas, o superintendente narrou em minúcias os resultados de suas investigações em Devonshire.

– Pegamos o fio da meada... sem dúvida – finalizou. – É isso que Shaitana quis dizer... ao insinuar aquilo sobre "acidente doméstico". Mas o que me intriga é o motivo. Por que ela quis matar a mulher?

– Acho que posso ajudá-lo nesse detalhe, meu amigo.

– Prossiga, monsieur Poirot.

– Hoje à tarde fiz uma pequena experiência. Induzi a mademoiselle e sua amiga a virem até aqui. Fiz minhas perguntas costumeiras sobre a decoração da sala naquela noite.

Battle o mirou curioso.

– Insiste nesse ponto.

– Sim, é útil e deveras informativo. A mademoiselle Meredith ficou desconfiada... muito desconfiada. Ela gosta de tirar as coisas a limpo, aquela mocinha. Daí esse bom sabujo, Hercule Poirot, lança mão de um de seus melhores truques. Arma uma arapuca canhestra e amadora. A mademoiselle menciona uma caixinha de joias. Pergunto se não era aquela disposta no lado oposto à mesa com a adaga. A mademoiselle não cai na arapuca. Ela a evita com esperteza. Mas depois, satisfeita consigo, relaxa a guarda. Então era esse o objetivo dessa visita: fazê-la admitir que enxergara o punhal e sabia onde ele estava! Congratula-se por ter, em sua percepção, me derrotado. Fala sem precauções sobre as joias. Notou muitas particularidades delas. Não se lembra de nada mais na sala... a não ser um vaso de crisântemos que precisava ter sua água trocada com urgência.

– Bem? – disse Battle.

– Bem, isso é significativo. Digamos que nada soubéssemos sobre essa moça. Suas afirmações nos dariam pistas sobre sua personalidade. Ela presta atenção em flores. É, então, uma pessoa aficionada a flores? Não, já que não menciona um imenso jarro de tulipas precoces que teriam atraído num piscar de olhos a atenção de um apaixonado por flores. Na verdade, é a dama de companhia que fala... A moça cuja tarefa era pôr água fresca nos vasos... E, aliada a isso, a moça que ama e presta atenção em joias. Não é no mínimo sugestivo?

– Hum... – murmurou Battle. – Começo a entender aonde o senhor quer chegar.

– Exato. Como já disse no outro dia, eu ponho minhas cartas na mesa. Quando o senhor contou a história dela aquele dia, e a sra. Oliver fez sua surpreendente revelação, meus pensamentos logo se concentraram num relevante detalhe. O assassinato não poderia ter sido cometido por vantagem financeira, já que a srta. Meredith continuou tendo que trabalhar para sobreviver depois do que aconteceu. Então, qual seria o motivo? Analisei o temperamento da srta. Meredith do ponto de vista de quem a conhece de modo superficial. Mocinha bastante tímida, pobre, mas bem-vestida, apreciadora de coisas bonitas... O temperamento é mais de *ladra* que de assassina, não é mesmo? E perguntei na mesma hora se a sra. Eldon era uma pessoa organizada. Formulei uma hipótese. Supondo que Anne Meredith fosse uma jovem de caráter vulnerável... O tipo de moça que rouba pequenos itens em lojas de departamentos. Vamos supor que, sendo pobre e ao mesmo tempo amando coisas bonitas, ela tivesse furtado uma ou duas vezes das coisas da patroa. Um broche aqui, talvez, uma ou duas meias-coroas ali, um colar de contas acolá. A sra. Eldon, desatenta e desorganizada, creditaria esses desaparecimentos a seu próprio desleixo. Não suspeitaria da pequena e dócil ajudante. Mas, agora, suponha que um tipo diferente de patroa, uma patroa que *notasse* as coisas, acusasse Anne Meredith de roubo. Isso seria um possível motivo de assassinato. Como eu disse naquela noite, a srta. Meredith só cometeria homicídio se estivesse com medo. Ela sabe que a patroa será capaz de provar o roubo. Só uma coisa pode salvá-la: a patroa tem que morrer. Por isso ela troca os frascos, e a sra. Benson morre. E veja que ironia: morre convencida de que o engano foi dela, sem nem sequer suspeitar de que naquilo havia o dedo da mocinha acuada e cheia de temor.

– É possível – ponderou o superintendente Battle. – Não passa de uma hipótese, mas é possível.

– É um pouco mais do que possível, meu amigo... É também provável. Pois hoje à tarde armei uma cilada com uma boa isca. A cilada real, não a suposta cilada que havia sido driblada. Se minhas suspeitas estivessem corretas, Anne Meredith nunca, jamais, seria capaz de resistir a um primoroso par de meias de seda! Pedi a ela que me ajudasse. Tive o cuidado de informá-la de que não tinha bem certeza de quantos pares comprei. Saio da sala e a deixo a sós. E o resultado, meu amigo, é que tenho agora dezessete pares de meias em vez de dezenove. Dois pares foram levados na bolsa de Anne Meredith.

– Ffiu! – assobiou o superintendente Battle. – Que risco ela correu.

– *Pas du tout.* Do que ela pensa que eu suspeito? De que ela é uma assassina. Que risco há, então, em roubar um ou dois pares de meias de seda? Não procuro uma ladra. E, além do mais, ladras e cleptomaníacas são sempre iguais: têm certeza de que ninguém vai descobrir.

Battle assentiu com a cabeça.

– Isso é fato. Burrice extrema. Tanto vai o cão ao moinho que um dia lá deixa o focinho. Bem, cá entre nós, acho que chegamos à verdade nua e crua. A patroa pegou Anne Meredith em flagrante delito. Anne Meredith trocou a posição dos frascos de uma prateleira para a outra. Sabemos que foi assassinato... Mas duvido que alguém consiga provar isso um dia. Crime bem-sucedido número 2. Roberts impune. Anne Meredith impune. Mas quanto a Shaitana? Anne Meredith matou Shaitana?

Permaneceu calado por alguns instantes e então meneou a cabeça.

– As coisas não se encaixam – ponderou com relutância. – Ela não é do tipo que gosta de correr riscos. Mudar a posição de dois frascos, sim. Sabia que ninguém poderia ligá-la a isso. Era absolutamente seguro... pois qualquer um poderia ter feito! Claro, talvez não funcionasse. A sra. Benson poderia notar antes de beber ou talvez não morresse. Costumo chamar esse tipo de assassinato de "esperançoso". Pode ser que funcione, pode ser que não. Nesse caso funcionou. Mas Shaitana são outros quinhentos. O assassinato dele foi intencional, audacioso e resoluto.

Poirot fez que sim com a cabeça.

– Concordo. Os dois tipos de crime são diferentes.

Battle esfregou o nariz.

– Então isso parece descartá-la no caso de Shaitana. Roberts e a moça, os dois cortados da lista. E quanto a Despard? Alguma sorte com a tal madame Luxmore?

Poirot narrou as peripécias da tarde precedente.

Battle sorriu.

– Conheço o tipo. A gente não consegue distinguir o que é lembrança do que é invenção.

Poirot continuou. Descreveu a visita de Despard e a história contada por ele.

– Acredita nele? – perguntou Battle de chofre.

– Acredito, sim.

Battle suspirou.

– Eu também. Não é o tipo que mataria um homem por desejar a mulher da vítima. Afinal, para isso existe a vara de família. Um divórcio a mais ou um a menos não faz diferença. Além do mais, ele não é um profissional liberal; isso não arruinaria sua carreira nem coisa parecida. Não, sou da opinião de que nesse caso nosso saudoso sr. Shaitana pisou na bola. No fim das contas, o assassino número 3 não era um assassino.

Olhou para Poirot.

– Sobra apenas...

– A sra. Lorrimer – completou Poirot.

O telefone tocou. Poirot levantou e atendeu. Trocou breves palavras, esperou um pouco e falou outra vez. Então pôs o fone no gancho e voltou para junto de Battle.

Com o semblante sério, explicou:

– Era a sra. Lorrimer. Ela quer que eu vá até a casa dela fazer uma visita... agora.

Ele e Battle se entreolharam. O policial meneou a cabeça devagar e indagou:

– Estou errado ou o senhor já esperava algo do tipo?

– Eu imaginava – ponderou Hercule Poirot. – Só isso. Eu imaginava.

– É melhor conferir – incentivou Battle. – Talvez enfim o senhor consiga chegar à verdade.

Capítulo 25

A sra. Lorrimer fala

Não era um dia luminoso, e a sala da sra. Lorrimer parecia bastante escura e melancólica. Ela própria estava com as feições esmaecidas e aparência bem mais velha do que na última visita de Poirot.

Ela o saudou com a sorridente autoconfiança de sempre.

– É muita gentileza sua ter vindo com tanta rapidez, monsieur Poirot. O senhor é uma pessoa ocupada, sei disso.

– A seu dispor, madame – respondeu Poirot com uma leve reverência.

A sra. Lorrimer apertou uma campainha ao lado da lareira.

– Vou pedir um chazinho. Não sei qual a sua opinião sobre o assunto, mas sempre acho equivocado fazer confidências apressadas sem antes preparar o terreno de modo decente.

– Então há confidências a fazer, madame?

A sra. Lorrimer não respondeu, porque naquele momento a empregada respondeu ao chamado. Depois de dar a ordem e esperar a empregada retirar-se, a sra. Lorrimer disse secamente:

– O senhor mencionou, se é que se lembra, na última vez em que esteve aqui, que voltaria aqui caso eu o chamasse. O senhor tinha uma ideia, penso eu, do motivo que me levaria a chamá-lo.

Mas, antes que pudesse desenvolver o assunto, o chá foi trazido. A sra. Lorrimer o serviu, tecendo comentários perspicazes sobre vários assuntos em voga.

Aproveitando uma pausa, Poirot observou:

– Ouvi falar que há alguns dias a senhora e a pequena mademoiselle Meredith tomaram chá juntas.

– Tomamos. Quando falou com ela?

– Hoje à tarde mesmo.

– Então ela veio a Londres, ou o senhor foi até Wallingford?

– Ela e a amiga fizeram a gentileza de me visitar.

– Ah, a amiga. Não cheguei a conhecê-la.

Poirot disse com um sorrisinho:

– Este assassinato... a meu ver tem servido para *aproximar* as pessoas. A senhora e a mademoiselle Meredith tomam chá juntas. O major Despard, também, cultiva a amizade da srta. Meredith. Talvez o dr. Roberts seja o único a não participar.

– Um dia desses, eu me encontrei com ele numa noitada de bridge – contou a sra. Lorrimer. – Pareceu-me animado como de costume.

– Cada vez mais fanático por bridge?

– Sim... Continua fazendo as declarações mais exorbitantes na fase de leilão... Mas com frequência se dá bem.

Permaneceu em silêncio por alguns instantes e então disse:

– Tem visto o superintendente Battle nos últimos dias?

– Também o vi hoje à tarde. Estava comigo lá em casa quando a senhora ligou.

Protegendo o rosto do fogo com a mão, a sra. Lorrimer indagou:

– Ele tem feito progressos?

Poirot disse em tom sério:

– Não é lá muito rápido, o bom Battle. Evolui devagar, mas no fim das contas alcança o objetivo, madame.

– É o que vamos ver. – Seus lábios se arquearam num sorriso de tênue ironia.

Ela continuou:

– Ele dedicou bastante atenção à minha pessoa. Acho que escarafunchou a história de meu passado até minha infância. Entrevistou meus amigos, conversou com meus empregados... atuais e de outras épocas. Não sei o que ele queria encontrar, mas com certeza não encontrou. Bem que ele podia ter acreditado em mim. Eu disse a verdade. Minhas relações com o sr. Shaitana eram superficiais. Conheci-o em Luxor, como disse, e não éramos sequer amigos, apenas conhecidos. O superintendente Battle não será capaz de escapar desses fatos.

– Talvez não – limitou-se a dizer Poirot.

– E o que me diz do senhor, monsieur Poirot? Chegou a fazer investigações?

– Sobre a senhora, madame?

– Foi isso que eu quis dizer.

O homenzinho meneou a cabeça com lentidão.

– Seria o mesmo que dar com os burros n'água.

– O que exatamente quer dizer com isso, monsieur Poirot?

– Vou ser franco, madame. Percebi desde o começo que, das quatro pessoas na sala do sr. Shaitana àquela noite, a pessoa com o melhor cérebro, com a cabeça mais fria e mais lógica, era a senhora, madame. Se eu tivesse que apostar meu dinheiro em qual dos quatro teria maior probabilidade de planejar um assassinato, executá-lo com sucesso e ficar impune, apostaria na senhora.

As sobrancelhas da sra. Lorrimer se ergueram.

– E supostamente devo ficar lisonjeada? – indagou lacônica.

Poirot prosseguiu, ignorando a interrupção:

– Para um crime ser bem-sucedido, em geral é necessário pensar em cada detalhe de antemão. Todas as circunstâncias possíveis devem ser levadas em conta. O *tempo* deve ser cronometrado com rigor. A escolha do *local* tem que ser meticulosamente exata. O dr. Roberts poderia pôr um crime a perder devido à pressa e ao excesso de autoconfiança; o major Despard provavelmente seria prudente demais para cometer um; a srta. Meredith é capaz de perder a cabeça e se entregar. Mas a senhora, madame, não faria nada disso. Manteria a cabeça fria e tranquila. Tem firmeza de caráter de sobra. Até pode ficar suficientemente obcecada com uma ideia a ponto de deixar de lado a prudência, mas não é o tipo de mulher que perde a cabeça.

A sra. Lorrimer ficou em silêncio por um ou dois minutos, com um estranho sorriso brincando nos lábios. Por fim disse:

– Então é isso que pensa de mim, monsieur Poirot. Que sou o tipo de mulher capaz de cometer o assassinato ideal.

– Pelo menos a senhora é amável o suficiente para não se magoar com a ideia.

– Eu a considero muito interessante. Então o senhor acha que sou a única pessoa capaz de ter cometido com sucesso o assassinato de Shaitana?

Poirot objetou calmo:

– Existe um fator complicador aí, madame.

– É mesmo? Por favor, me conte.

– Deve ter percebido que acabo de dizer uma frase parecida com esta: "Em geral, para um crime ser bem-sucedido, é necessário planejar cada detalhe dele com cuidado e antecedência". "Em geral" é a expressão para a qual eu chamo a sua atenção. Pois *existe* outro tipo de crime bem-sucedido. Alguma vez a senhora já disse de repente a alguém: "Jogue uma pedra e tente acertar aquela árvore"? E a pessoa obedece sem pensar nem pestanejar...

E, de modo surpreendente, *realmente* acerta a árvore? Mas quando tenta repetir o arremesso não é tão fácil... pois começa a *raciocinar*. "Mais forte... nem tanto... um pouco mais à direita... à esquerda." O primeiro arremesso foi quase uma ação inconsciente, o corpo obedecendo à mente como o corpo de um animal obedece. *Eh bien*, madame, existe um tipo de crime como esse: o crime cometido no calor do momento... uma inspiração... um lampejo de genialidade... sem tempo para hesitações nem estudos. Foi esse, madame, o tipo de crime que matou o sr. Shaitana. Um apuro repentino e inadiável, um lampejo de inspiração e uma execução rápida.

Balançou a cabeça de modo negativo.

– E esse, madame, não é nem um pouco o seu tipo de crime. Se a senhora matou o sr. Shaitana, deve ter sido um crime premeditado.

– Entendo. – A mão dela balançava suave para lá e para cá, impedindo que o calor do fogo atingisse o seu rosto. – E, é claro, não foi um crime premeditado, e por isso eu não posso tê-lo matado... é isso, monsieur Poirot?

Poirot fez uma mesura.

– Exato, madame.

– E, no entanto – ela se inclinou à frente, parando de abanar a mão –, *fui eu mesma que matei o sr. Shaitana, monsieur Poirot...*

Capítulo 26

A verdade

Seguiu-se um silêncio – um silêncio prolongado.

A sala escurecia ainda mais. Na lareira as chamas crepitavam bruxuleantes.

A sra. Lorrimer e Hercule Poirot não olhavam um para o outro, mas sim para o fogo. Era como se o tempo tivesse entrado momentaneamente em suspenso.

Repentinamente Hercule Poirot suspirou e se mexeu.

– Então era isso... o tempo todo... *Por que* a senhora o matou, madame?

– Acho que sabe o motivo, monsieur Poirot.

– Porque ele sabia alguma coisa sobre a senhora... algo acontecido há muito tempo?

– Sim.

– E que esse algo era... outra morte, madame?

Ela fez uma reverência.

Poirot disse em tom suave:

– Por que resolveu me contar? Por que me chamou até aqui hoje?

– O senhor me disse que eu podia fazer isso quando precisasse.

– Sim... Ou melhor, eu desejava que isso acontecesse... Eu sabia, madame, que só havia um modo de saber a verdade em se tratando da senhora... E que isso só aconteceria por sua livre e espontânea vontade. Se escolhesse não falar, ninguém a convenceria do contrário. E jamais se denunciaria sem querer. Mas havia uma possibilidade: a de que a senhora mesma *quisesse* falar.

A sra. Lorrimer assentiu com a cabeça.

– Foi inteligente de sua parte prever isso... o cansaço... a solidão...

A voz dela se esvaiu.

Poirot a mirou com curiosidade.

– Então tem sido assim? Sim, posso imaginar...

– Viver só... completamente só – disse a sra. Lorrimer. – Ninguém sabe o que isso significa a não ser que o sinta na própria pele, como eu senti, com a consciência de ter feito o que eu fiz.

Poirot ponderou gentil:

– Consideraria impertinência, madame, ou me permite oferecer minha solidariedade?

Ela curvou a cabeça de leve.

– Obrigada, monsieur Poirot.

Seguiu-se novo silêncio. Em seguida, Poirot disse em tom um pouco mais vivo:

– Se eu entendi bem, madame, a senhora interpretou as palavras do sr. Shaitana durante o jantar como ameaça direta?

Ela fez que sim com a cabeça.

– Logo percebi que ele estava dando indiretas a alguém. Esse alguém era eu. A referência sobre o veneno ser uma arma feminina era endereçada a mim. Ele *sabia*. Eu já havia suspeitado antes. Ele puxou assunto sobre um famoso julgamento, e eu percebi o olhar dele me vigiando. Havia uma espécie de compreensão sinistra naquele olhar. Mas, é claro, naquela noite eu tive certeza.

– E a senhora estava certa, também, das intenções futuras de Shaitana?

A sra. Lorrimer disse causticamente:

– Era pouquíssimo provável que a presença do superintendente Battle e a presença do senhor fossem meras coincidências. Depreendi que Shaitana estava prestes a alardear sua própria esperteza frisando a vocês dois que havia descoberto algo de que ninguém suspeitava.

– Quanto tempo levou para tomar a decisão de agir, madame?

A sra. Lorrimer hesitou um pouco.

– É difícil lembrar exatamente quando tive a ideia – ponderou. – Eu já tinha notado o punhal antes do jantar. Quando voltamos à sala de visitas, eu o apanhei e enfiei discretamente dentro da manga. Ninguém me viu. Eu me assegurei disso.

– Deve tê-lo feito com destreza, não tenho dúvidas, madame.

– A essa altura eu já havia decidido exatamente o que ia fazer. Só tive que executar. Talvez fosse arriscado, mas achei que valia a pena tentar.

– Nada mais que a sua frieza, a sua bem-sucedida avaliação dos riscos, entrando em jogo. Sim, percebo isso.

– Começamos a jogar bridge – prosseguiu a sra. Lorrimer com a voz gélida e sem emoção. – Enfim, surgiu uma oportunidade. Era a minha vez de ser o morto. Caminhei até perto da lareira. Shaitana cochilava. Olhei os demais. Todos atentos ao jogo. Debrucei-me e... o matei...

Sua voz estremeceu um pouco, mas logo recuperou a gélida indiferença.

– Falei com ele. Veio à minha cabeça que isso seria uma espécie de álibi. Comentei sobre o fogo, então fingi que ele havia me respondido e depois continuei, dizendo algo como: "Concordo. Também não gosto de aquecedores elétricos".

– Ele não chegou a gritar nem coisa parecida?

– Não. Acho que deu um pequeno grunhido... e nada mais. Quem não estava perto poderia confundir com palavras.

– E depois?

– Depois voltei à mesa de bridge. A última vaza em disputa.

– Sentou-se e voltou a jogar?

– Sim.

– Com interesse suficiente no jogo para ser capaz de me contar quase todo o leilão e o carteio dois dias depois?

– Sim – apenas respondeu a sra. Lorrimer.

– *Epatant*! – exclamou Hercule Poirot.

Recostou-se na cadeira. Balançou a cabeça em afirmação várias vezes. Então, para variar, meneou a cabeça em discordância.

– Mas, madame, tem uma coisa que eu ainda não entendo.

– Sim?

– Tenho a impressão de que algum detalhe me escapou. A senhora é uma mulher que avalia e sopesa tudo com cuidado. Decide, por algum motivo, correr um risco enorme. Corre mesmo... e obtém sucesso. Então, menos de duas semanas depois, muda de ideia. Sinceramente, madame, isso não me convence.

Um sorrisinho estranho crispou os lábios dela.

– Tem toda a razão, monsieur Poirot, existe um detalhe que o senhor não sabe. A srta. Meredith lhe contou onde ela me encontrou naquela tarde?

– Se não me engano, ela disse que foi perto do apartamento da sra. Oliver.

– Acredito que sim. Mas eu quis dizer o nome certo da rua. Anne Meredith me encontrou na Harley Street.

– Ah! – Ele a mirou com atenção. – Começo a entender.

– Sim, imaginei que entenderia. Fui consultar um especialista lá. Ele confirmou o que eu já suspeitava.

O sorriso dela se ampliou. Deixou de ser crispado e amargo. Tornou-se meigo de repente.

– Não vou jogar bridge por muito tempo, monsieur Poirot. Ah, ele não disse isso abertamente. Camuflou um pouco a verdade. Com bastante cuidado etc., etc., eu posso viver ainda vários anos. Mas não vou me cuidar bastante. Não sou esse tipo de mulher.

– Sim, sim, começo a entender – murmurou Poirot.

– Aquilo foi um choque para mim, sabe. Um mês... quem sabe dois meses... não mais. E então, ao sair do especialista, me encontrei com a srta. Meredith. Convidei-a para tomar chá comigo.

Fez uma pausa e prosseguiu:

– Não sou, no fim das contas, tão perversa assim. Durante todo o tempo em que tomávamos chá, fiquei pensando. Com a minha ação na noite fatídica eu não só tinha acabado com a vida de Shaitana, isso não podia mais ser desfeito, como também, em diferentes escalas, eu tinha afetado negativamente a vida de outras três pessoas. Devido ao meu ato, o dr. Roberts, o major Despard e Anne Meredith, pessoas que nunca me fizeram mal nenhum, enfrentavam um calvário e corriam perigo. Isso, ao menos, eu podia desfazer. Não que me comovesse em especial com a situação do dr. Roberts nem a do major Despard, mesmo levando em conta que os dois presumivelmente tenham uma expectativa de vida bem maior do que eu. Os dois são homens e sabem, até certo ponto, cuidar de si próprios. Mas quando vi a srta. Meredith...

Hesitou e logo prosseguiu em tom vagaroso:

– Anne Meredith não passa de uma menina. Tem a vida toda pela frente. Esse infeliz incidente podia arruinar a vida dela...

"Eu não tinha pensado nisso antes...

"E então, monsieur Poirot, com essas ideias passando por minha cabeça, percebi que o seu pressentimento tinha se tornado verdadeiro. Eu não podia mais manter o silêncio. Hoje à tarde liguei para o senhor..."

Minutos se passaram.

Hercule Poirot inclinou-se à frente. Na escuridão envolvente, ele fitou a sra. Lorrimer de modo ostensivo. Ela enfrentou aquele olhar fixo com tranquilidade e sem qualquer nervosismo.

Por fim ele disse:

– Tem certeza, sra. Lorrimer... Tem certeza *absoluta*, vai me contar a verdade, não vai?... *de que o assassinato do sr. Shaitana não foi premeditado*? Não é verdade que a senhora planejou o crime *de antemão*... que foi àquele jantar com o assassinato já mapeado na cabeça?

A sra. Lorrimer o mirou por um instante e então sacudiu a cabeça de modo incisivo.

– Não – respondeu ela.

– Não planejou o crime com antecedência?

– Claro que não.

– Então... então... Ah, a senhora está mentindo... tem que estar mentindo!

A voz da sra. Lorrimer cortou o ar feito gelo.

– Ora, monsieur Poirot, não perca a compostura.

O homenzinho levantou-se num pulo. Caminhou para lá e para cá na sala, resmungando consigo, deixando escapar exclamações.

De repente disse:

– Com sua permissão.

E, se encaminhando ao interruptor, acendeu as luzes.

Voltou, sentou-se na cadeira, descansou as duas mãos nos joelhos, olhou diretamente para a anfitriã e disse:

– A questão é: será possível Hercule Poirot se enganar?

– Ninguém pode acertar sempre – retrucou a sra. Lorrimer com frieza.

– Eu posso – disse Poirot. – Sempre acerto. É tão invariável que me espanta. Mas agora tenho a impressão, a forte impressão, de que estou enganado. E isso me perturba. Ao que se presume, a senhora sabe o que está falando. Afinal, foi a senhora quem cometeu o assassinato! É fantástico, então, que Hercule Poirot saiba melhor que a senhora o modo como o cometeu.

– Fantástico e absurdo – rebateu a sra. Lorrimer com mais frieza ainda.

– Vai ver, então, que estou louco. Com certeza, enlouqueci. Não... *sacré nom d'un petit bonhomme...* *não* estou louco! Estou certo. *Tenho* que estar certo. Estou disposto a acreditar que a senhora matou o sr. Shaitana... *mas não do jeito que a senhora disse.* Ninguém pode fazer uma coisa que não seja *dans son charactère!*

Fez uma pausa. A sra. Lorrimer respirou com raiva e mordeu os lábios. Estava prestes a falar, mas Poirot a antecipou.

– Ou a senhora planejou o assassinato de Shaitana com antecedência... *ou a senhora não o matou coisa nenhuma!*

A sra. Lorrimer retorquiu mordaz:

– Acho que o senhor *está* louco, sim, monsieur Poirot. Se estou disposta a admitir que cometi o crime, não teria motivo para mentir sobre o modo pelo qual o fiz. Qual seria o propósito de uma coisa dessas?

Poirot levantou-se de novo e deu uma volta completa ao redor da sala. Quando voltou a se sentar na cadeira, sua atitude era gentil e bondosa.

– A senhora não matou Shaitana – asseverou com suavidade. – Agora entendo. Entendo tudo. Harley Street. A pequena Anne Meredith tristonha na calçada. Vejo, também, outra moça... há muito tempo, uma moça que enfrentou a vida sempre só... terrivelmente só. Sim, entendo isso tudo. Mas não entendo uma coisa: por que tem tanta certeza de que foi Anne Meredith?

– Ora, monsieur Poirot...

– É absolutamente inútil protestar... e continuar a mentir para mim, madame. *Estou dizendo: sei a verdade.*

Sei as exatas emoções que a dominaram naquele dia em Harley Street. A senhora não teria feito isso pelo dr. Roberts... ah, não! Não teria feito isso pelo major Despard, *non plus.* Mas com Anne Meredith é diferente. A senhora sente pena dela, *porque ela fez o que a senhora fez outrora.* A senhora sequer sabe, pelo menos é o que imagino, a *razão* que ela teve para cometer o crime. Mas tem certeza absoluta que foi ela. Teve certeza desde a primeira noite... a noite em que tudo aconteceu... quando o superintendente Battle a convidou para expor sua opinião sobre o caso. Sim, sei de tudo. É completamente inútil continuar a mentir. Entende isso, não?

Ele fez uma pausa para esperar uma resposta que não veio. Assentiu com a cabeça, satisfeito.

– Sim, a senhora é sensata. Ótimo. É um ato muito nobre esse que a senhora tentou fazer, madame, o de assumir a culpa e deixar essa menina escapar.

– O senhor se esquece – disse a sra. Lorrimer numa voz mordaz – de que não sou inocente. Anos atrás, monsieur Poirot, eu matei meu marido...

Seguiu-se um instante de silêncio.

– Entendo – disse Poirot. – É justiça. No fim das contas, nada mais que justiça. A senhora tem o cérebro lógico. Está disposta a sofrer pelo ato que cometeu. Assassinato é assassinato... não importa a vítima. A madame é corajosa e clarividente. Mas eu lhe pergunto de novo: *como pode ter tanta certeza*? Como *sabe* que foi Anne Meredith quem matou o sr. Shaitana?

Um suspiro profundo irrompeu do peito da sra. Lorrimer. Sua última resistência soçobrara diante da pertinácia de Poirot. Respondeu a pergunta com a simplicidade de uma criança.

– Porque – disse ela – eu a vi.

Capítulo 27

A testemunha ocular

Poirot caiu na gargalhada. Não pôde evitar. Jogou a cabeça para trás, e sua estrondosa risada gálica preencheu a sala.

– *Pardon, madame* – pediu ele, enxugando os olhos. – Não pude evitar. A gente argumenta e raciocina! Faz perguntas! Recorre à psicologia... e, o tempo todo, *havia uma testemunha ocular do crime*! Conte-me, por favor.

– Já estava ficando tarde. Era a vez de Anne Meredith ser o morto. Ela se levantou, olhou as cartas do parceiro dela e começou a zanzar pela sala. O carteio estava desinteressante... a conclusão era inevitável. Não precisei me concentrar nas cartas. Quando chegamos às três últimas vazas, espiei na direção da lareira. Anne Meredith estava curvada sobre o sr. Shaitana. Enquanto eu observava, ela se endireitou... A mão dela bem na altura do peito dele... um gesto que despertou minha surpresa. Ela se endireitou. Vi o rosto dela e seu olhar ansioso em nossa direção. Culpa e medo: foi isso que vislumbrei no rosto dela. Claro, naquela hora eu não sabia o que havia acontecido. Só fiquei me perguntando o que diabos a moça estava fazendo. Mais tarde... eu soube.

Poirot assentiu.

– Mas *ela* não sabia que a senhora sabia. Ou sabia?

– Coitadinha – disse sra. Lorrimer. – Tão jovem e assustada... com tanta coisa para conquistar na vida. O senhor se surpreende por eu... bem, por eu ter me calado?

– Não, não me surpreendo.

– Em especial sabendo que eu... que eu mesma... – Terminou a frase dando de ombros. – Com certeza não era função minha apontar o dedo a ninguém. Isso cabia à polícia.

– Sem dúvida... mas hoje a senhora foi mais longe.

A sra. Lorrimer disse inflexível:

– Nunca fui uma mulher de coração mole nem piedosa, mas imagino que essas qualidades brotam na gente à medida que envelhecemos. Eu lhe garanto: é raro eu agir motivada pela compaixão.

– Isso nem sempre é um guia seguro, madame. A mademoiselle Anne é jovem, frágil, tem um ar tímido e assustado... ah, sim, ela até parece digna de compaixão. Mas *eu* não concordo com isso. Posso lhe contar, madame, o motivo pelo qual a srta. Anne Meredith matou o sr. Shaitana. Matou-o porque ele sabia que ela já tinha matado antes uma velha senhora para quem trabalhava, só porque a patroa a tinha flagrado cometendo um roubo insignificante.

A sra. Lorrimer mostrou certo espanto.

– Isso é verdade, monsieur Poirot?

– Não há qualquer dúvida sobre isso. Tão meiga e tão dócil... é a impressão que ela passa. Humpf! Ela é perigosa, madame, essa pequenina mademoiselle Anne! Quando segurança e conforto estão em jogo, ela ataca pérfida e sem medo. Com a mademoiselle Anne, *ainda é só o começo.* Ela vai ganhar confiança com esses dois crimes...

A sra. Lorrimer disse incisiva:

– É um horror o que está dizendo, monsieur Poirot. Um horror!

Poirot se ergueu.

– Madame, agora tenho que ir. Reflita sobre o que eu disse.

A sra. Lorrimer parecia meio insegura. Falou, numa tentativa de recuperar a atitude costumeira:

– Se me aprouver, monsieur Poirot, eu vou desmentir toda essa nossa conversa. O senhor não tem testemunhas, lembre-se. Tudo que eu acabo de lhe contar sobre o que presenciei aquela noite... bem, fica entre nós.

Poirot declarou solene:

– Nada será feito sem sua concordância, madame. E fique tranquila: eu tenho meus próprios métodos. Ainda mais agora que sei o rumo que devo tomar...

Tomou a mão dela e a elevou até tocá-la com os lábios.

– Permita-me lhe dizer uma coisa, madame: a senhora é uma mulher notável. Presto-lhe toda a minha homenagem e o meu respeito. Sem dúvida, uma entre mil mulheres. E pensar que nem ao menos fez o que outras 999 mulheres não resistiriam fazer.

– O que, por exemplo?

– Contar-me o motivo pelo qual matou o marido... e o quanto esse ato foi real e inteiramente justificado.

A sra. Lorrimer se empertigou.

– Ora, monsieur Poirot – retorquiu ela de modo inflexível. – Meus motivos só dizem respeito a mim.

– *Magnifique!* – exclamou Poirot. E, outra vez levando a mão dela aos lábios, retirou-se da sala.

Fora da casa estava frio, e Poirot olhou para os dois lados para ver se vinha um táxi, mas não avistou nenhum.

Começou a caminhar rumo à King's Road.

Andava imerso em pensamentos. De vez em quando, balançava a cabeça em afirmação; uma vez a meneou em desconsolo.

Mirou por cima do ombro. Alguém subia os degraus da casa da sra. Lorrimer. Parecia alguém com o tipo físico de Anne Meredith. Vacilou por um minuto, pensando se devia ou não retornar, mas no fim prosseguiu.

Ao chegar à sua casa, descobriu que Battle havia ido embora sem deixar qualquer mensagem.

Tratou de telefonar ao superintendente.

– Alô – saudou a voz de Battle no outro lado da linha. – Conseguiu algo?

– *Je crois bien. Mon ami*, temos que ir atrás da menina Meredith... e rápido.

– Estou na cola dela... Mas por que rápido?

– Porque, meu amigo, ela pode ser perigosa.

Battle calou-se por alguns instantes. Então disse:

– Sei o que o senhor quer dizer. Mas não há... Quero dizer, não podemos nos arriscar. Para falar a verdade, escrevi para ela. Mensagem oficial, dizendo que vou visitá-la amanhã. Achei que talvez fosse uma boa estratégia deixá-la insegura e nervosa.

– Não deixa de ser uma ideia. Posso acompanhá-lo?

– Lógico. Será uma honra contar com sua companhia, monsieur Poirot.

Poirot descansou o fone no gancho com o semblante pensativo.

Sentia certo desassossego. Permaneceu um bom tempo sentado diante do fogo, a testa franzida. Por fim, deixando de lado temores e dúvidas, foi se deitar.

– Amanhã será um novo dia – murmurou.

Mas ele sequer sonhava com as surpresas do novo dia.

Capítulo 28

Suicídio

O chamado veio por telefone no instante em que Poirot sentava para tomar o café da manhã com pãezinhos redondos.

Ergueu o fone do gancho, e a voz de Battle falou:

– É o monsieur Poirot?

– Sim. *Qu'est ce qu'il y a?*

A mera inflexão da voz do superintendente já o alertara de que algo havia acontecido. Lembrou dos vagos presságios da noite anterior.

– Vamos, amigo, conte-me logo.

– É a sra. Lorrimer.

– Lorrimer... sim?

– O que diabos o senhor disse a ela... ou ela lhe disse ontem? O senhor não entrou em detalhes; de fato, me fez pensar que a culpada era a srta. Meredith.

Poirot disse baixinho:

– O que aconteceu?

– Suicídio.

– A sra. Lorrimer cometeu suicídio?

– Exato. Consta que andava meio deprimida e estranha nos últimos tempos. O médico da sra. Lorrimer receitou-lhe uns comprimidos para dormir. Ontem à noite ela tomou uma overdose.

Poirot inspirou fundo.

– Nenhuma possibilidade de... acidente?

– Nem a mínima chance. Claro como água. Ela escreveu para os outros três.

– Que outros três?

– Roberts, Despard e a srta. Meredith. De modo franco e sem rodeios. Só escreveu que gostaria que eles soubessem que ela estava tomando um atalho para evitar toda a confusão... que ela era a assassina de Shaitana... que pedia desculpas... desculpas a todos os três pela inconveniência e pelo incômodo a que haviam sido submetidos. Carta amena, metódica, típica da sra. Lorrimer. Alguém que nunca perde a calma.

Por um ou dois minutos, Poirot nada respondeu.

Então era essa a última palavra de sra. Lorrimer. Decidira, no fim das contas, proteger Anne Meredith. Morte rápida e indolor em vez de penosa e demorada – e um derradeiro ato altruísta: salvar a moça por quem cultivava um vínculo secreto de simpatia. A coisa toda planejada e executada com implacável eficácia – um suicídio meticulosamente informado às três partes interessadas. Que mulher! Sua admiração por ela se avivou. Era como se a firmeza e a pertinácia da sra. Lorrimer ganhassem contornos nítidos com a execução desse plano.

Pensou tê-la convencido... Mas é claro que ela preferira seguir suas próprias opiniões. Mulher de vontade férrea.

A voz de Battle interrompeu suas meditações.

– O que diabos o senhor disse a ela ontem? Deve tê-la deixado com medo, e esse é o resultado. Mas o senhor deu a entender que o efeito de sua conversa com ela havia sido uma suspeita cabal em relação à srta. Meredith.

Novo silêncio de Poirot. Sentiu que, morta, a sra. Lorrimer o compelia a cumprir sua vontade de um modo que não conseguiria fazer se ainda estivesse viva.

Por fim disse devagar:

– Eu me enganei...

Aquelas palavras não soavam familiares em seus lábios, e ele não gostou delas.

– Cometeu um equívoco, é isso? – enfatizou Battle. – De qualquer modo, ela deve ter pensado que o senhor desconfiava dela. Não deve ser nada agradável... deixá-la escapar entre seus dedos assim.

– O senhor não teria como provar nada contra ela – constatou Poirot.

– Não... imagino que seja verdade... Há males que vêm para bem. Hum... não queria que isso acontecesse, não é, monsieur Poirot?

Depois de expressar furioso repúdio àquela insinuação, Poirot acrescentou:

– Conte-me exatamente o que houve.

– Roberts abriu sua carta pouco antes das oito horas. Não perdeu tempo. Partiu de imediato em seu carro, ordenando à criada que entrasse em contato conosco, o que ela fez. Chegando à casa da sra. Lorrimer, verificou que ela ainda não havia se levantado e subiu apressado até o quarto dela... Mas já era tarde demais. Tentou respiração artificial, mas foi inútil. O legista chegou logo depois e corroborou os procedimentos.

– Que tipo de sonífero ela tomou?

– Veronal, acho. Um desses barbitúricos, de qualquer modo. Havia um frasco de comprimidos na mesinha de cabeceira.

– E quanto aos outros dois? Não tentaram falar com o senhor?

– Despard está fora da cidade. Ainda não recebeu o correio matutino.

– E... a srta. Meredith?

– Acabo de ligar para ela.

– *Eh bien*?

– Leu a carta um pouco antes da minha ligação. O correio chega mais tarde lá.

– Qual foi a reação dela?

– Totalmente adequada. Alívio intenso disfarçado com pudor. Surpresa e aflita... esse tipo de coisa.

Poirot fez uma pausa e então perguntou:

– Está falando de onde, meu amigo?

– De Cheyne Lane.

– *Bien.* Vou até aí agora mesmo.

No hall em Cheyne Lane, ele se deparou com o dr. Roberts de saída. A habitual vivacidade corada do médico parecia temporariamente suspensa nessa manhã. Trazia o semblante pálido e abalado.

– Que negócio desagradável, monsieur Poirot. Seria cinismo negar que estou aliviado, de meu ponto de vista, mas, para falar a verdade, é meio chocante. Jamais passou pela minha cabeça que a sra. Lorrimer tivesse apunhalado Shaitana. Tive uma grande surpresa.

– Também fiquei surpreso.

– Mulher pacata, reservada e culta. Não consigo imaginá-la fazendo uma coisa violenta dessas. Que motivo ela teve, fico pensando? Ah, bem, agora nunca vamos saber. Mas confesso que estou curioso.

– Esse suicídio deve ter aliviado um peso de suas costas.

– Com certeza aliviou. Seria hipocrisia não admitir isso. Não é nada agradável ter uma suspeita de assassinato pairando sobre a gente. Quanto à mulher, coitada... bem, com certeza escolheu a melhor saída.

– Pelo jeito foi o que ela pensou.

Roberts assentiu com a cabeça.

– Consciência pesada, imagino – comentou ao se retirar da casa.

Poirot meneou a cabeça, pensativo. O médico fizera a leitura errada da situação. Não havia sido o remorso que tirara a vida da sra. Lorrimer.

Antes de subir os degraus, Poirot parou a fim de transmitir palavras reconfortantes à velha criada, que soluçava em silêncio.

– É tão horrível, meu senhor. Tão horrível. A gente gostava tanto dela. E dizer que ontem mesmo o senhor tomou chá com ela, tudo na mais santa paz. E hoje ela se foi. Nunca vou me esquecer desta manhã... Nunca, enquanto eu viver. Primeiro o cavalheiro gruda o dedo na campainha. Bate três vezes antes de eu atender. Abro a porta com ele aos gritos: "Cadê sua patroa?". Fico tão confusa que nem sei o que responder. Sabe, a gente nunca incomodava a patroa até ela nos chamar... ordens expressas. Tento responder, mas não sai nada. E o médico pergunta: "Onde fica o quarto dela?". E depois sobe a escada correndo, eu atrás dele. Mostro a porta, ele entra sem ao menos bater, olha pra ela ali deitada e diz: "Tarde demais". Ela estava morta, meu senhor. Ele me manda buscar brandy e água quente, tenta desesperado reanimá-la, mas já não tem mais nada a fazer. E daí a polícia chega e tudo o mais... não é nada... não é nada... decente. A sra. Lorrimer não ia gostar disso. E por que a polícia? Não é da conta deles, com certeza, se aconteceu um acidente e a pobre da patroa tomou uma overdose por engano.

Poirot não respondeu a esse comentário.

Em vez disso, indagou:

– Na noite passada, a sua patroa estava calma como sempre? Parecia aflita ou preocupada com alguma coisa?

– Não, meu senhor, acho que não. Ela estava cansada... e acho que sentia dor. Ela não andava bem de saúde ultimamente.

– Sim, eu sei.

A condolência em sua voz incentivou a mulher a continuar.

– Ela nunca foi mulher de ficar se queixando, sabe. Mas a cozinheira e eu, a gente andava preocupada com ela já faz um bom tempo. Ela não conseguia mais fazer tudo que costumava fazer, e as atividades diárias a deixavam cansada. Acho, talvez, que a vinda da moça depois que o senhor saiu foi um pouco demais para ela.

Poirot, já com um pé no degrau da escadaria, se virou.

– Moça? Uma moça esteve aqui ontem à tardinha?

– Sim, senhor. Logo que o senhor saiu. Srta. Meredith, o nome dela.

– Ela ficou muito tempo?

– Mais ou menos uma hora.

Poirot calou-se por alguns instantes, até dizer:

– E depois disso?

– A patroa foi se deitar. Jantou na cama. Disse que estava cansada.

De novo Poirot fez silêncio, para então continuar:

– Sabe se sua patroa escreveu alguma carta ontem à noite?

– Quer dizer depois que ela se deitou? Não, meu senhor, acho que não.

– Mas não tem certeza?

– Havia umas cartas na mesa do hall prontas pra serem enviadas. A gente sempre as leva pouco antes de fechar o correio. Mas acho que elas já estavam lá desde mais cedo.

– Quantas cartas?

– Duas ou três... não tenho bem certeza. Três, acho.

– A senhora... ou a cozinheira... quem as levou ao correio... por acaso chegou a notar o destinatário? Não se ofenda com minha pergunta. É de suma importância.

– Eu mesma as levei ao correio, meu senhor. Espiei o destino da carta de cima... Endereçada para a loja Fortnum e Mason's. Não posso dizer nada sobre as outras.

A entonação da empregada era franca e sincera.

– Tem certeza de que não havia mais que três cartas?

– Sim, meu senhor. Disso eu tenho certeza absoluta.

Com ar sério, Poirot balançou a cabeça de modo afirmativo. Outra vez começou a subir as escadas. Então disse:

– Sabia, suponho, que sua patroa tomava remédio para dormir?

– Ah, sim, era prescrição médica. Do dr. Lang.

– Onde era guardado esse remédio para dormir?

– No armarinho do quarto da patroa.

Poirot não fez mais perguntas. Subiu as escadas de rosto fechado.

Na plataforma no topo da escada, Battle o saudou. O superintendente parecia preocupado e aflito.

– Que bom vê-lo, monsieur Poirot. Deixe-me apresentá-lo ao dr. Davidson.

Do alto de sua melancolia, o legista apertou a mão de Poirot.

– A sorte não estava ao nosso lado – vaticinou. – Uma ou duas horas antes e poderíamos tê-la salvado.

– Hum... – murmurou Battle. – Não devo dizer isso oficialmente, mas não lastimo o fato. Ela era... bem, ela era uma dama de verdade. Não sei por que motivos ela matou Shaitana, mas talvez fossem plenamente justificados.

– De qualquer modo – constatou Poirot –, é duvidoso que ela sobrevivesse ao julgamento. Andava muito adoentada.

O médico-legista assentiu em concordância.

– Eu diria que o senhor tem toda a razão. Talvez tenha sido melhor assim.

Começou a descer as escadas.

Battle o seguiu.

– Um minuto, doutor.

Poirot, com a mão na maçaneta da porta, murmurou:

– Posso entrar?

Battle virou a cabeça e assentiu.

– Fique à vontade. Já encerramos os procedimentos.

Poirot entrou no quarto, fechando a porta atrás de si...

Aproximou-se da cama e baixou os olhos àquele rosto sereno e inanimado.

Sentiu-se muito perturbado.

A falecida teria acabado com a própria vida num derradeiro e determinado esforço de salvar uma jovem da morte e da desonra... ou existia uma explicação diferente e mais sinistra?

Havia certos fatos...

De repente se debruçou, examinando um ferimento opaco e desbotado no braço da falecida.

Aprumou-se. No seu olhar havia um estranho brilho felino que certos colaboradores mais íntimos teriam reconhecido.

Deixou o quarto e desceu as escadas ligeiro. Battle e um subordinado estavam ao telefone. Este último pôs o fone no gancho e comunicou:

– Ele não voltou ainda, senhor.

Battle explicou:

– Despard. Estou tentando contactá-lo. Há mesmo uma carta para ele com o carimbo postal de Chelsea.

Poirot fez uma pergunta irrelevante.

– O dr. Roberts já tinha tomado café da manhã quando veio aqui?

Battle o fitou pasmado.

– Não – respondeu. – Lembro que mencionou ter saído de casa sem tomar café.

– Então ele vai estar em casa agora. Podemos encontrá-lo.

– Mas por quê...?

Mas Poirot já discava um número. Logo falou:

– Dr. Roberts? É o dr. Roberts quem está falando? *Mais oui*, aqui é Poirot. Só uma pergunta. Conhecia bem a letra da sra. Lorrimer?

– A letra da sra. Lorrimer? Eu... não, não me lembro de ter visto a caligrafia dela antes.

– *Je vous remercie.*

Com rapidez, Poirot baixou o fone no gancho.

Battle o encarava.

– Qual é a ideia genial, monsieur Poirot? – indagou com a voz baixa.

Poirot o pegou pelo braço.

– Escute, amigo. Poucos depois de eu deixar esta casa ontem, Anne Meredith chegou. Eu mesmo a enxerguei subindo os degraus da frente da casa, mas na hora não tive certeza absoluta de sua identidade. Logo depois de Anne Meredith sair da casa, a sra. Lorrimer foi se deitar. Até onde a criada sabe, *ela não escreveu nenhuma carta depois de se deitar*. E, por motivos que o senhor vai entender quando eu relatar em detalhes a conversa que tive com a sra. Lorrimer, *não acredito que ela tenha escrito essas três cartas antes de minha visita*. Quando então ela as escreveu?

– Depois de as empregadas se recolherem? – sugeriu Battle. – Ela se levantou e as remeteu pessoalmente.

– Sim, isso é possível, mas existe outra possibilidade: *a de que ela jamais as tenha escrito*.

Battle assobiou.

– Meu Deus, quer dizer...

O telefone soou estridente. O sargento atendeu. Escutou um instante e logo se virou para Battle.

– É o sargento O'Connor falando do apartamento de Despard, sir. Afirma haver indícios de que Despard tenha ido a Wallingford-on-Thames.

Poirot pegou Battle pelo braço.

– Rápido, meu amigo. Também, temos que ir até Wallingford. Eu lhe garanto, estou preocupadíssimo. Algo me diz que ainda não chegamos ao fim desta história. Repito, meu amigo: essa mocinha é perigosa.

Capítulo 29

Acidente

– Anne – disse Rhoda.

– Hein?

– Não, por favor, Anne, não responda com a cabeça no jogo de palavras cruzadas. Quero que preste atenção em mim.

– Estou prestando.

Anne endireitou-se na cadeira e pôs de lado o jornal.

– Assim é melhor. Olhe aqui, Anne – Rhoda hesitou. – Sobre a vinda desse homem.

– O superintendente Battle?

– Sim, Anne, eu gostaria que você contasse a ele... Sobre o período em que trabalhou na casa da sra. Benson.

A voz de Anne soou bastante fria.

– Tolice. Por que eu deveria?

– Porque... bem, senão... pode parecer que você está querendo esconder alguma coisa. Tenho certeza de que é melhor contar.

– Agora não dá mais – disse Anne com frieza.

– Como eu gostaria que você tivesse mencionado na primeira ocasião!

– Bem, agora é tarde demais para se incomodar com isso.

– Sim. – Rhoda não pareceu convencida.

Anne retorquiu sem esconder a irritação:

– De qualquer modo, não vejo *motivo* para contar. Aquilo não tem nada a ver com tudo isso.

– Não, é claro que não.

– Eu só trabalhei dois meses lá. Ele só quer essas coisas como... bem... referências. Dois meses não contam.

– Sei que não. Acho que é bobagem minha, mas estou meio encucada com isso. Algo me diz que você devia contar. Sabe, se o caso acabar vindo à tona, a coisa não vai cheirar bem... O fato de você não ter contado, quero dizer.

– Não vejo como pode vir à tona. Ninguém sabe a não ser você.

– Nin... guém?

Anne não deixou de notar a suave hesitação na voz de Rhoda.

– Ora, ora! Quem mais saberia?

– Bem, todo mundo lá em Combeacre – respondeu Rhoda após um instante de silêncio.

– Ah, isso! – Anne desconsiderou a hipótese com um encolher de ombros. – É improvável que o superintendente vá interrogar alguém daquela região. Isso seria uma coincidência fantástica.

– Coincidências acontecem.

– Rhoda, você está agindo de modo estranho nessa história. Fazendo estardalhaço demais.

– Sinto muito, querida. Mas sabe como a polícia é capaz de agir caso ache que você andou... bem... omitindo informações.

– Eles não vão saber. Quem vai contar a eles? Ninguém sabe a não ser você.

Era a segunda vez que ela pronunciava aquelas palavras. Nessa repetição, a voz dela mudou um pouco – trazia um quê de bizarro e especulativo.

– Ah, querida, como eu gostaria que você contasse – suspirou Rhoda, tristonha.

Relanceou um olhar culpado a Anne, mas Anne não estava olhando para ela: estava lá sentada com a testa franzida, como quem faz um cálculo.

– Muito divertido, o major Despard vir nos visitar – disse Rhoda.

– O quê? Ah, sim.

– Anne, ele é *atraente*. Se não estiver a fim dele, *por favor, por favor*, repasse ele para mim!

– Não seja ridícula, Rhoda. Ele não tem o mínimo interesse por mim.

– Então por que ele vem aqui sempre que pode? Claro que está interessado. Você faz bem o estilo da mocinha atribulada que ele teria prazer em salvar. Sua aparência é tão lindamente indefesa, Anne.

– Ele nos trata de modo igual.

– Faz isso por cavalheirismo. Mas, se não o quiser, me deixe ao menos fazer o papel da amiga com dó... Então eu consolo seu coração partido etc., etc., e no fim talvez eu consiga conquistá-lo. Sabe-se lá? – concluiu Rhoda com sinceridade deselegante.

– Tenho certeza de que ele a receberá de braços abertos, meu bem – comentou Anne com uma risada.

– A nuca dele é linda de matar – suspirou Rhoda. – Ocre e musculosa.

– Poupe-me dos detalhes sórdidos.

– Gosta dele, Anne?

– Sim, muito.

– Será que não estamos sendo muito certinhas e formais? Acho que ele gosta um pouco de mim... não tanto quanto de você, mas um pouco.

– Ah, mas ele gosta sim de você – ponderou Anne.

De novo havia uma inflexão diferente na voz dela, mas Rhoda nem percebeu.

– A que horas nosso bom investigador vai chegar? – indagou.

– Meio-dia – disse Anne. Calou-se por um tempo e depois acrescentou: – Agora são só dez e meia. Vamos passear na beira do rio.

– Mas... mas... o major Despard não disse que vinha por volta das onze?

– Por que temos que ficar aqui esperando por ele? Podemos deixar uma mensagem com a sra. Astwell dizendo para que lado fomos, e ele pode seguir nossos passos pela trilha de sirga.

– Tem razão. Como mamãe sempre dizia: "É melhor se fazer de difícil, meu bem"! – riu Rhoda. – Então vamos lá.

Saiu da sala e cruzou a porta que dava ao jardim. Anne foi atrás dela.

***

O major Despard chegou a Wendon Cottage uns dez minutos depois. Chegou um pouco antes do horário estipulado, ele sabia. Por isso, ficou um tanto surpreso ao descobrir que as duas moças já haviam saído.

Atravessou o jardim e, no fim da campina, dobrou à direita rumo à trilha de sirga, antigamente utilizada para os cavalos rebocarem as embarcações junto à margem do rio.

A sra. Astwell permaneceu um tempo o acompanhando com o olhar, em vez de continuar suas tarefas domésticas matinais.

"Para qual delas será que ele está arrastando a asinha?" perguntou a seus botões. "Acho que é para a srta. Anne, mas não tenho certeza. Ele não mostra muito pela expressão do rosto. Trata as duas do mesmo jeito. E também não tenho lá muita certeza se as duas não estão caidinhas por ele. Daí elas não vão continuar amigas por muito tempo, não. Nada como um homem para estragar a amizade entre duas moças."

Desfrutando o empolgante prazer da perspectiva de ver um romance desabrochar, a sra. Astwell retornou ao interior da casa e à sua missão de lavar a louça do café da manhã, quando outra vez a campainha tocou.

– Diacho de porta – resmungou a sra. Astwell. – Essa gente faz isso de propósito. Encomenda, imagino. Ou telegrama.

Rumou devagar até a porta da frente.

Dois homens aguardavam no degrau da porta: um estrangeiro baixinho e um inglês da gema, alto e troncudo. Ela já vira este último antes, lembrou-se ela.

– A srta. Meredith está em casa? – indagou o grandão.

A sra. Astwell sacudiu a cabeça.

– Acabou de sair.

– Mesmo? Para que lado ela foi? Não a encontramos.

A sra. Astwell, observando com discrição o fabuloso bigode do outro cavalheiro e decidindo que os dois não faziam um par de amigos lá muito provável, de modo espontâneo forneceu informações adicionais.

– Foram até o rio – esclareceu.

O outro cavalheiro se manifestou:

– E a outra moça? A srta. Dawes?

– As duas saíram juntas.

– Ah, obrigado – disse Battle. – Diga-me, qual o caminho para se chegar ao rio?

– Primeiro o senhor pega a esquerda viela abaixo – respondeu prontamente a sra. Astwell. – Quando chegar à trilha de sirga, pegue a direita. Escutei as duas dizendo que iam para esse lado – acrescentou solícita. – Não faz nem quinze minutos que elas saíram. Logo os senhores alcançam.

– E fico me perguntando – emendou consigo mesma ao fechar a porta da frente meio a contragosto, depois de fitar com olhos indagadores as costas dos dois homens se afastando – quem diabos são vocês dois. Não sei por que, mas não consegui identificar.

A sra. Astwell voltou à pia da cozinha, e Battle e Poirot, conforme haviam sido instruídos, tomaram a primeira estradinha à esquerda – uma viela irregular que logo desembocou abruptamente na trilha de sirga.

Poirot apertou o passo, e Battle o mirou com curiosidade.

– Algum problema, monsieur Poirot? Parece muito apressado.

– É verdade. Estou inquieto, meu amigo.

– Algo em particular?

Poirot abanou a cabeça.

– Não. Mas existem possibilidades. Nunca se sabe...

– O senhor tem algo em mente – disse Battle. – Disse que havia urgência de virmos aqui hoje de manhã e que não devíamos perder tempo... E o guarda Turner pisou fundo, eu que o diga! Tem medo de quê? A moça chegou ao fim da linha.

Poirot calou-se.

– Tem medo de quê? – repetiu Battle.

– De que sempre temos medo num caso desses?

Battle assentiu.

– Tem toda a razão. Imagino...

– Imagina o que, meu amigo?

Battle ponderou devagar:

– Imagino se a srta. Meredith sabe que a amiga dela contou certo fato à sra. Oliver.

Poirot assentiu enfaticamente com a cabeça, reconhecendo a importância da observação.

– Rápido, meu amigo – disse ele.

Os dois aceleraram o passo seguindo a trilha que tangenciava o rio. Não se enxergava qualquer embarcação na superfície da água. Quando, porém, contornaram uma volta do rio, Poirot estacou atônito. O rápido olhar de Battle avistou algo.

– O major Despard – identificou.

A uns duzentos metros dali, Despard caminhava na margem do rio.

Pouco adiante, as duas moças deslizavam rio adentro num barco comprido e estreito, desses impelidos por uma vara comprida que se apoia no fundo do rio. Em pé na popa, Rhoda impulsionava o barco, enquanto Anne, sentada no fundo chato do barco, ria alto. Nenhuma das duas olhava para a margem.

E então – *aconteceu.* A mão estendida de Anne, o cambaleio de Rhoda, sua queda na água... o puxão desesperado na manga de Anne... o barco adernando e, de repente, emborcando por completo... e as duas moças se debatendo na água.

– Viu aquilo? – gritou Battle começando a correr. – A pequena Meredith a puxou pelo tornozelo e a fez cair na água. Meu Deus, este é o quarto assassinato dela!

Os dois corriam a todo fôlego. Mas alguém estava à frente deles. Era óbvio que nenhuma das moças sabia nadar, mas Despard havia disparado pela trilha até o ponto mais próximo. Naquele instante mergulhou na água e nadou na direção delas.

– *Mon Dieu*, isto é interessante – gritou Poirot, pegando Battle pelo braço. – Qual das duas ele vai salvar primeiro?

As duas moças não estavam juntas. Cerca de dez metros as separavam.

Despard nadou com vigor rumo a elas; não havia hesitação em suas braçadas. Nadava direto para Rhoda.

Battle, por sua vez, alcançou a ribanceira mais próxima e entrou. Despard acabara de trazer Rhoda com sucesso até a margem. Ele a carregou em terra firme, deitou-a no chão e pulou de novo na água, nadando rumo ao ponto em que Anne acabara de afundar.

– Tenha cuidado! – avisou Battle. – Há vegetação no leito.

Ele e Battle chegaram ao local na mesma hora, mas Anne havia afundado antes que eles a alcançassem.

Por fim, conseguiram resgatá-la e, trazendo-a no meio deles, rebocaram-na até a margem.

Depois de ser atendida por Poirot, agora Rhoda estava sentada, a respiração irregular.

Despard e Battle deitaram Anne na grama.

– Respiração artificial – disse Battle. – É a única coisa a fazer. Mas temo que seja tarde.

Com método, iniciou o trabalho. Poirot ficou ali de prontidão, caso fosse necessário revezar.

Despard se abaixou pertinho de Rhoda.

– Está tudo bem? – indagou com a voz rouca.

Ela disse devagar:

– Você me salvou. Você *me* salvou...

Estendeu as mãos na direção dele. Quando ele as segurou, ela irrompeu em pranto.

Ele murmurou:

– Rhoda...

As mãos dos dois se entrelaçaram com força...

Ele teve uma súbita visão – na savana africana, Rhoda, intrépida e risonha, a seu lado...

Capítulo 30

Assassinato

I

– Quer dizer – indagou Rhoda, incrédula – que Anne *quis* me empurrar na água? Sei que deu essa impressão. E ela sabia que eu não sei nadar. Mas... mas foi *proposital*?

– Foi proposital, sem dúvida – confirmou Poirot.

O carro deles percorria a autoestrada já nos arrabaldes de Londres.

– Mas... mas... por quê?

Poirot não respondeu de imediato. Imaginava saber um dos motivos que levara Anne a agir como agira, e esse motivo sentava-se ao lado de Rhoda naquele exato instante.

O superintendente Battle tossiu.

– É melhor se preparar, srta. Dawes, para ficar um pouco chocada. Essa sra. Benson com quem a sua amiga morou, sabe, a morte dela não foi acidental como aparentou... Pelo menos temos razões para crer que não.

– Como assim?

– Acreditamos – explicou Poirot – que Anne Meredith tenha trocado os dois frascos.

– Ah, não... não, que coisa horrível! É *impossível*. Anne? Por que ela faria isso?

– Teve lá suas razões – interpôs o superintendente Battle. – Mas o que importa, srta. Dawes, é que, até onde a srta. Meredith sabia, *a senhorita era a única pessoa capaz de nos fornecer uma pista sobre aquele incidente.* Não contou a ela, imagino, ter aludido o caso à sra. Oliver?

Rhoda respondeu devagar:

– Não contei. Achei que ela ficaria irritada comigo.

– E ficaria. Irritadíssima – ponderou Battle sombrio. – Mas ela pensou que o único perigo residia na *senhorita*. Por isso, decidiu... ãhn... eliminá-la.

– Eliminar? A *mim*? Ah, que coisa estapafúrdia! Isso *não pode* ser verdade.

– Bem, agora ela está morta – disse o superintendente Battle –, de modo que podemos muito bem deixar por isso mesmo. Mas ela não era uma boa amiga para se confiar, srta. Dawes... Isso é fato.

O carro estacionou no meio-fio à frente de uma porta.

– Vamos entrar na casa de monsieur Poirot – convidou o superintendente Battle – e conversar um pouco sobre tudo que aconteceu.

Na sala de estar de Poirot, foram recebidos pela sra. Oliver, que entretinha o dr. Roberts. Os dois tomavam xerez. A sra. Oliver usava um de seus novos chapéus rústicos e um vestido de veludo com laço no peito sobre o qual repousava um belo naco de maçã.

– Entrem, entrem – convidou a sra. Oliver, hospitaleira como se a casa fosse dela e não de Poirot. – Assim que vocês me telefonaram, liguei para o dr. Roberts, e viemos para cá. Todos os pacientes dele estão moribundos, mas ele não se importa. É provável que até estejam melhorando, na verdade. Queremos saber de tudo, tintim por tintim.

– Sim, é verdade, estou completamente desnorteado – reconheceu Roberts.

– *Eh bien*, fim de caso – informou Poirot. – Enfim o assassino do sr. Shaitana foi descoberto.

– A sra. Oliver estava me contando. Aquela coisinha linda da Anne Meredith. Mal pude acreditar. Assassina muito implausível.

– Assassina, sem a menor sombra de dúvida – atalhou Battle. – Três assassinatos no currículo... E por pouco não cometia um quarto e ainda escapava impune.

– Incrível! – exclamou Roberts.

– Nem um pouco – discordou a sra. Oliver. – Pessoa menos provável. Parece funcionar na vida real exatamente como nos livros.

– Que dia espantoso – comentou Roberts. – Primeiro a carta de sra. Lorrimer. Imagino que tenha sido uma falsificação, não é?

– Exato. Uma falsificação escrita três vezes.

– Escreveu uma para si própria, também?

– Claro. Falsificação habilidosa... Não enganaria um especialista, é claro... Mas, de qualquer modo, era altamente improvável que um grafólogo fosse chamado. Todos os indícios apontavam para o suicídio de sra. Lorrimer.

– Desculpe a curiosidade, monsieur Poirot, mas o que o fez suspeitar de que ela não havia cometido suicídio?

– Uma conversinha que tive com a empregada dela em Cheyne Lane.

– Ela lhe contou sobre a visita de Anne Meredith na noite anterior?

– Entre outras coisas mais. Sabe, foi então que cheguei à conclusão sobre a identidade da pessoa culpada... Ou seja, a pessoa que matou o sr. Shaitana. Essa pessoa não era a sra. Lorrimer.

– O que fez o senhor suspeitar da srta. Meredith?

Poirot ergueu a mão.

– Só um instantinho. Deixe-me abordar esse assunto a meu modo. Quero dizer, deixe-me expressar por eliminação. O assassino do sr. Shaitana não era a sra. Lorrimer, não era o major Despard e, por incrível que pareça, não era Anne Meredith...

Inclinou-se à frente. Com voz macia e felina, ronronou:

– Sabe, dr. Roberts, *o senhor é o assassino do sr. Shaitana.* E também é o assassino da sra. Lorrimer...

II

Transcorreu um silêncio de no mínimo três minutos, quebrado por uma ameaçadora gargalhada de Roberts.

– Está maluco, monsieur Poirot? Com certeza não matei o sr. Shaitana e nem teria como ter matado a sra. Lorrimer. Meu caro Battle – ele se virou para o oficial da Scotland Yard –, *o senhor* compactua com isso?

– Acho que é melhor primeiro escutar o que o monsieur Poirot tem a dizer – limitou-se a murmurar Battle.

Poirot retomou a palavra:

– É bem verdade que, embora eu soubesse por algum tempo que o senhor, e só o senhor, poderia ter matado Shaitana, não seria um caso fácil de provar. Mas a morte da sra. Lorrimer é bem diferente. – Ele se inclinou à frente. – Não é um caso de saber. É bem mais simples do que isso... pois *uma testemunha o viu praticando o crime.*

Roberts mergulhou num silêncio. Seus olhos faiscavam. Disparou mordaz:

– Está falando asneiras!

– Ah, não, não estou. Foi hoje bem cedinho. Com o subterfúgio de um blefe, o senhor consegue acesso ao quarto da sra. Lorrimer, onde ela dorme profundamente sob a influência da droga que havia tomado na noite anterior. Novo blefe: o senhor finge, num relancear de olhos, saber que ela está morta! Pede à criada para buscar brandy, água quente... e tudo o mais. Fica sozinho no quarto. A empregada nem havia olhado direito a patroa. E então o que se sucede?

"Talvez não tenha conhecimento, dr. Roberts, *mas certas empresas de limpadores de janelas são especializadas em serviços nas primeiras horas da manhã.* Um limpador de janelas chegou com sua escada na casa da sra. Lorrimer ao mesmo tempo em que o senhor. Apoiou a escada na lateral da casa e pôs mãos à obra. Começou justo pela janela do quarto da sra. Lorrimer. Mas quando ele notou o que se passava lá dentro, logo tratou de passar a outra janela, *não sem antes enxergar uma coisa.* Ele próprio vai nos contar sua história."

Com passinhos leves, Poirot cruzou a sala, girou a maçaneta e chamou:

– Pode entrar, Stephens – e retornou.

Um ruivo corpulento e desajeitado entrou. Trazia na mão um chapéu onde se lia "Associação dos Limpadores de Janela de Chelsea", que ele girava meio sem jeito.

Poirot perguntou:

– Reconhece alguém nesta sala?

O sujeito correu o olhar em volta e fez um aceno tímido na direção do dr. Roberts.

– Ele – indicou o homem.

– Diga-nos quando o senhor o viu pela última vez e o que ele estava fazendo.

– Foi hoje de manhã. Serviço às oito da manhã na residência de uma senhora em Cheyne Lane. Chego lá e logo começo a lidar com as janelas. A dona da casa está deitada na cama. Parece doente. Não faz nada além de mexer a cabeça no travesseiro. Este cavalheiro aqui eu concluí que era médico. Ele arregaça a manga e espeta algo no braço dela, mais ou menos aqui... – Mostrou no braço com um gesto. – Daí a cabeça dela cai para trás de novo no travesseiro. Penso que é melhor pular para outra janela, e é o que faço. Espero não ter feito nada de errado.

– Cumpriu seu dever de modo admirável, meu amigo – elogiou Poirot.

E disse com calma:

– *Eh bien*, dr. Roberts?

– Um... um simples fortificante – balbuciou Roberts. – A última esperança de trazê-la de volta. É uma acusação monstruosa...

Poirot o cortou.

– Simples fortificante? N-metil-ciclo-hexenil-metil-malonil-ureia – recitou Poirot, gorjeando as sílabas em tom afetado. – Popularmente conhecido como Evipan. Utilizado como anestésico em pequenas cirurgias. Em doses altas via intravenosa produz inconsciência instantânea. É perigoso utilizá-lo depois de tomar veronal ou outros barbitúricos. Notei a marca no braço dela. Era óbvio que algo havia sido injetado na veia. Dei a dica ao legista, e a droga foi facilmente detectada por ninguém menos que sir Charles Imphery, o laboratorista oficial do ministério do Interior.

– É a pá de cal em suas esperanças – disse o superintendente Battle a Roberts. – Não é preciso provar o caso de Shaitana. Mas, é claro, se for necessário, podemos apresentar uma acusação adicional: o assassinato do sr. Charles Craddock... E possivelmente também da mulher dele.

A menção desses dois nomes foi o golpe final para Roberts.

Recostou-se no espaldar da cadeira.

– Eu desisto – confessou ele. – Vocês me pegaram! Imagino que o diabo astuto daquele Shaitana tenha me denunciado antes do jantar àquela noite. E eu achando que tinha calado a boca dele de uma vez por todas.

– Não agradeça a Shaitana – avisou Battle. – O mérito é todo do monsieur Poirot aqui.

Dirigiu-se até a porta e fez dois policiais entrarem.

A voz do superintendente Battle tornou-se oficial ao anunciar a prisão com todas as formalidades.

Quando a porta se fechou atrás do acusado, a sra. Oliver disse de modo alegre, embora talvez não completamente verídico:

– Eu sempre *disse* que era ele!

Capítulo 31

Cartas na mesa

Era a hora e a vez de Poirot. Todos os rostos se voltavam a ele em ávida antecipação.

– Quanta bondade – disse com um sorriso. – Devem saber, acho eu, o quanto aprecio uma palestrinha. Gosto de uns dois dedos de prosa.

"Este caso, na minha percepção, foi um dos maiores desafios de minha carreira. Percebem? Não havia *nenhum* ponto de partida além das quatro pessoas. Uma delas *devia* ter cometido o crime, mas qual das quatro? Por acaso havia algo mais para nos ajudar? No sentido material, não. Faltavam pistas concretas... nenhuma impressão digital... nenhum papel ou documento incriminador. Só havia... as próprias pessoas.

"E só uma pista concreta: as pontuações da partida de bridge!

"Devem se lembrar que desde o começo mostrei especial interesse naquelas contagens. Elas não só me revelaram detalhes sobre a diversidade das pessoas que registraram os pontos. Fizeram mais do que isso: elas me forneceram uma pista valiosa. Logo me chamou a atenção, no terceiro *rubber*, o número 1.500 acima da linha. Aquele número só podia representar uma coisa: uma voz de grande slam. Ora, se uma pessoa tomasse a resolução de cometer um crime sob essas circunstâncias um tanto singulares, ou seja, durante um jogo de bridge, essa pessoa corria obviamente dois riscos graves. O primeiro risco:

que a vítima gritasse. O segundo: mesmo se a vítima não gritasse, que por acaso um dos outros três olhasse na hora H e *realmente testemunhasse o ato.*

"Ora, quanto ao primeiro risco, não havia nada a fazer. Era uma questão de sorte de apostador. Mas algo podia ser feito quanto ao segundo risco. Salta aos olhos que, se a mão estiver interessante e empolgante, a atenção dos três jogadores permanece apenas no jogo, ao passo que durante uma rodada sem graça é mais provável que os bridgistas venham a dispersar a atenção e olhar ao redor. E sem dúvida uma voz de grande slam é sempre empolgante. Com muita frequência, como foi nesse caso, os oponentes dobram a aposta. Cada um dos três bridgistas joga com o máximo de atenção: o carteador para cumprir o contrato, os atacantes para escolher as cartas com exatidão e impedi-lo de cumprir o contrato. Portanto, havia a significativa possibilidade de que o assassinato tivesse sido cometido durante essa mão específica. Tomei a resolução de descobrir, se eu pudesse, exatamente como se sucedera o leilão. Logo descobri que o morto nessa mão específica havia sido o dr. Roberts. Mantive isso em mente e abordei a questão de meu segundo ângulo: a probabilidade psicológica. Dos quatro suspeitos, a sra. Lorrimer de longe me parecia a mais capaz de planejar e executar um assassinato bem-sucedido, mas eu não conseguia visualizá-la cometendo qualquer tipo de crime improvisado no afã do momento. Por outro lado, a sua postura naquela noite me deixou perplexo. Das duas, uma: ou ela havia cometido o crime ela própria, ou ela sabia quem tinha cometido. A srta. Meredith, o major Despard e o dr. Roberts todos preenchiam os requisitos levando em conta as possibilidades psicológicas, muito embora, como já mencionei, cada um teria cometido o crime de um *ângulo* completamente distinto.

"A seguir empreendi uma segunda análise. Pedi a todos, um por um, que me descrevessem exatamente o que se lembravam da sala. A abordagem gerou informações preciosíssimas. Em primeiro lugar, de longe a pessoa mais provável de ter notado o punhal era o dr. Roberts. Demonstrou ser um observador natural de quinquilharias de todos os tipos... o que costumamos chamar de bom observador. Das mãos de bridge, entretanto, ele não se lembrava de quase nada. Eu não esperava que ele se lembrasse de muito, mas seu completo esquecimento passou a impressão de que ele tinha outra coisa na cabeça durante a noite toda. De novo os indícios apontavam ao dr. Roberts.

"Descobri que a sra. Lorrimer tinha soberba memória para cartas. Não foi difícil concluir que, em se tratando de alguém com sua capacidade de concentração, um assassinato poderia facilmente ser cometido perto dela sem que ela tomasse conhecimento. Ela me deu uma informação preciosa. O grande slam foi declarado pelo dr. Roberts, de modo completamente injustificável, mas, como a sra. Lorrimer tinha sido a primeira da dupla a falar o naipe, coube a ela jogar a mão.

"A terceira análise, a análise à qual o superintendente Battle e eu dedicamos um bom tempo, envolveu a descoberta dos homicídios que eles haviam cometido no passado, de modo a estabelecer semelhanças metodológicas. Bem, os créditos dessas descobertas pertencem ao superintendente Battle, à sra. Oliver e ao coronel Race. Trocando ideias sobre o assunto com meu amigo Battle, ele se confessou decepcionado por não existirem pontos de semelhança entre nenhum dos três primeiros crimes e o assassinato do sr. Shaitana. Mas de fato isso não era verdade. Os dois assassinatos atribuídos ao dr. Roberts, quando examinados de perto *e do ponto de vista psicológico e não do ponto de vista material*, provaram ser *praticamente iguais*. Eles, também, haviam sido o que eu posso descrever como assassinatos *públicos*. Um pincel de barba audazmente infectado no quarto de vestir da própria vítima, enquanto o médico oficialmente lavava as mãos depois de um atendimento. O assassinato da sra. Craddock disfarçado por uma vacina contra febre tifoide. De novo executado à vista de todos... de modo escancarado, como se diz. E a reação do homem é a mesma. Acuado num canto, agarra a oportunidade e age de improviso. Blefe puro, arrojado e audacioso... exatamente como o seu estilo de jogar bridge. Tanto na partida de bridge quanto no assassinato de Shaitana, ele apostou com remotas chances de sucesso e jogou as cartas com presteza. Desferiu o golpe com perfeição e no instante exato.

"Mas bem quando eu chego à conclusão quase definitiva de que o dr. Roberts era o assassino, a sra. Lorrimer me chama para visitá-la... e de modo bastante convincente se acusa de ter cometido o crime! Eu quase cheguei a acreditar nela! Por breves minutos eu *realmente* acreditei nela... e então minhas pequenas células cinzentas reafirmaram sua maestria. Não podia ser... então não era!

"Mas ela me contou algo ainda mais complicado.

"Garantiu-me que na verdade havia *visto* Anne Meredith cometer o crime.

"Só na manhã seguinte, ao ficar em pé ao lado da cama de uma mulher morta, que acabei percebendo de que modo eu podia ter razão e ao mesmo tempo a sra. Lorrimer ter falado a verdade.

"Anne Meredith andou até a lareira... e *viu que o sr. Shaitana estava morto*! Curvou-se sobre ele... talvez tenha estendido a mão até o cabo do punhal cravejado de brilhantes.

"Ela entreabre os lábios para dar o alarme, mas desiste. Lembra-se da conversa de Shaitana no jantar. Talvez ele tivesse deixado algum registro por escrito. Ela, Anne Meredith, tem motivo para desejar sua morte. Todos vão pensar que ela é a assassina. Não ousa dar o alarme. Tremendo de medo e apreensão, retoma o lugar à mesa.

"Então a sra. Lorrimer está certa, pois pensou ter visto o crime sendo cometido... mas eu também estou certo, pois na verdade ela não o viu.

"Se a essa altura Roberts tivesse mantido o sangue-frio, duvido muito que um dia conseguíssemos provar os crimes. Até *poderíamos* provar... mesclando blefes e diversas estratégias inventivas. De qualquer modo, eu teria ao menos tentado.

"Mas ele perde o controle e blefa de novo. Só que agora o tiro sai pela culatra.

"Sem dúvida ele andava inquieto. Sabia que Battle fazia investigações. Roberts prevê aquela situação prosseguindo de modo indefinido, a polícia continuando a vasculhar o seu passado... e, talvez, por algum milagre, descobrindo vestígios de seus antigos crimes. De repente, tem a ideia de fazer da sra. Lorrimer o bode expiatório. Seu olho clínico lhe permite adivinhar que, sem sombra de dúvida, ela está doente, e que a vida dela não pode ser muito prolongada. Nessas circunstâncias, quão natural seria para ela escolher uma saída rápida e, antes disso, confessar o crime! Então ele dá um jeito de conseguir uma amostra da caligrafia dela... forja três cartas idênticas e de manhã cedo chega apressado na casa da sra. Lorrimer com a história da carta recém-recebida. Antes, porém, deixa com a sua empregada a conveniente recomendação de ligar à polícia. Tudo que ele precisa é sair na frente. E ele consegue. Na hora em que a polícia chega, já está tudo acabado. O dr. Roberts está pronto para contar seu relato de respiração artificial que não deu certo. Tudo perfeitamente plausível. Perfeitamente simples.

"Durante todo o tempo, ele não pensa em lançar suspeitas sobre Anne Meredith. Sequer sabe da visita dela na noite anterior. Só quer simular suicídio e sentir-se seguro.

"De fato, é um momento crítico para ele quando eu lhe pergunto se conhecia a letra da sra. Lorrimer. Se a falsificação fosse detectada, sua salvação seria afirmar que nunca viu a letra dela. Sua cabeça funciona rápido, mas não o suficiente.

"De Wallingford, eu telefono para a sra. Oliver. Ela encena seu papel, apazigua as desconfianças de Roberts e o traz até aqui. Então, quando ele se autoparabeniza por ter dado tudo certo, embora não exatamente do jeito que havia planejado, vem o golpe súbito. O pulo de Hercule Poirot! E assim... o apostador já não tem mais as cartas na mão. Pôs as cartas na mesa. *C'est fini.*"

Seguiu-se um silêncio. Rhoda o quebrou com um suspiro.

– Que sorte incrível o testemunho daquele limpador de janelas – comentou.

– Sorte? Sorte? Que sorte que nada, mademoiselle. Apenas as células cinzentas de Hercule Poirot! E isso me faz lembrar que...

Foi até a porta.

– Entre... entre, meu querido amigo. Interpretou seu papel *à merveille.*

Voltou na companhia do limpador de janelas, que agora segurava na mão uma peruca ruiva e de certo modo parecia uma pessoa bem diferente.

– Meu amigo sr. Gerald Hemmingway, jovem ator de grande futuro.

– Quer dizer então que não existia limpador de janelas? – gritou Rhoda. – Ninguém testemunhou o crime?

– Eu testemunhei – disse Poirot. – Os olhos da mente enxergam mais que os olhos do corpo. É só a pessoa se recostar e fechar os olhos...

Despard gracejou:

– Vamos esfaqueá-lo, Rhoda. Quero ver se o fantasma dele volta e descobre quem foi.

IMPRESSÃO:

PALLOTTI
GRÁFICA

Santa Maria - RS | Fone: (55) 3220.4500
www.graficapallotti.com.br